MONLUÇON

Nous remercions la SODEC
et le Conseil des Arts du Canada
de l'aide accordée à notre programme de publication
ainsi que le gouvernement du Québec
– Programme de crédit d'impôt
pour l'édition de livres
– Gestion SODEC.

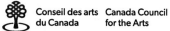

SODEC
Québec ▦ ▦

 Conseil des arts   Canada Council
du Canada   for the Arts

Nous reconnaissons l'aide financière
du gouvernement du Canada
par l'entremise du Fonds du livre du Canada
pour nos activités d'édition.

Illustration de la couverture : Pascale Crête

Conception de la maquette et montage de la couverture :
Maxime Clément pour Grafikar

Montage des pages intérieures :
Guylaine Normand pour Claude Bergeron

Membre de l'Association nationale des éditeurs de livres

ASSOCIATION
NATIONALE
DES ÉDITEURS
DE LIVRES

Dépot légal : mai 2017
Bibliothèque et Archives Canada
Bibliothèque nationale du Québec
234567890 IML 0987
Copyright Ottawa, Canada, 2017
Éditions Pierre Tisseyre inc.
ISBN : 978-2-89633-377-6
11699

Héloïse

1900-1935

Catalogage avant publication de Bibliothèque et Archives nationales du Québec et Bibliothèque et Archives Canada

Casiez, Solange

   Héloïse, 1900-1935

   ISBN 978-2-89633-377-6 (couverture souple)

   I. Titre.

PS8605.A872H44 2017   C843'.6   C2017-940491-1
PS9605.A872H44 2017

Solange Casiez

Héloïse
1900-1935

Roman

**ÉDITIONS
PIERRE TISSEYRE**
www.tisseyre.ca

155, rue Maurice
Rosemère (Québec) J7A 2S8
Téléphone : 514 335-0777 – Télécopieur : 514 335-6723
info@edtisseyre.ca

À *Paul, mon grand-père*

*Qui m'a insufflé le désir d'entreprendre et l'audace
de ne pas craindre les difficultés.*

À *Héloïse, ma grand-tante*
Qui m'a transmis son optimisme et sa résilience.

«*Je crois en l'avenir, c'est peut-être demain qu'il faudra
mourir, et cependant la vie est comme une promesse.
Qu'importe si le temps marque un point sans appui!
J'aime garder l'espoir qui soutient ma faiblesse, lui seul
m'aide à franchir l'étape d'aujourd'hui.*»

— Héloïse C., Membre de la Société des Gens de Lettres,
de la Sacem (Société des auteurs compositeurs et éditeurs
de musique), de la S.D.R.M. (Société pour l'administration
du droit de reproduction) et de la Société des Auteurs
Dramatiques. Membre de l'Académie Poétique
de Paris-Montmartre.

Lauréate de nombreux concours poétiques

Prologue

Héloïse – Tourcoing, août 1900

Il fait très chaud en ce 28 août 1900, l'air est lourd. Une odeur d'éther et de médicaments semble flotter partout. Alors que sa robe de coton fleuri lui colle à la peau, Héloïse ne sait plus à quoi s'occuper dans le salon où elle tue le temps avec sa sœur Anna. L'atmosphère de la maison est oppressante et, depuis ce matin, l'angoisse taraude la jeune femme. Déjà, hier, les choses ne tournaient pas rond. Elle avait voulu terminer son poème pour le concours de la fête de Saint-Louis en demandant l'aide de son grand frère Jean. Or, ce dernier, habituellement si patient, lui avait dit que ce n'était pas le moment et que, de toute façon, il était trop tard, puisque la fête avait déjà commencé.

En soupirant, Héloïse regarde par la fenêtre qui donne sur la Grand-Place Saint-Christophe de Tourcoing où la fête bat effectivement son plein. D'ailleurs, malgré les fenêtres fermées s'élève un bruit lancinant de gaieté qu'elle ne partage pas.

La Place Saint-Christophe est le centre névralgique de Tourcoing, capitale mondiale de la laine en ce nouveau siècle. Ici, l'industrie textile est à la base des nombreuses fortunes familiales desquelles a émergé une bourgeoisie commerçante très dynamique. En effet, celle-ci aspire à fonder des dynasties d'entrepreneurs, et les industriels du textile ne veulent pas être confondus avec les industriels du charbon ou de quelque autre industrie.

C'est qu'en ce début du XXe siècle, la France connaît une croissance industrielle qui, appuyée par l'expansion coloniale, entraîne une véritable révolution technologique. Ainsi Héloïse, qui n'a que onze ans, est-elle témoin de l'enthousiasme des membres de sa famille pour l'avènement de l'électricité, les débuts du cinéma, les nouveaux prototypes d'avions et d'automobiles, l'ouverture du premier métro à Paris et l'invention du téléphone.

Toutefois, en ce jour morne, Héloïse voudrait revenir à l'année dernière, pour la même fête de Saint-Louis. En fermant les yeux, elle se revoit tenant d'un côté la main de son père, de l'autre celle de Jean, son frère. Tous trois déambulent parmi les forains sur la grande place. Ils s'arrêtent devant les orgues de barbarie à côté d'un étal de confiserie et grignotent des friandises.

Jean la juche sur le plus haut cheval du manège et l'encourage du regard quand la monture s'élève. De là, à chaque tour du manège, elle peut voir sa maison du rez-de-chaussée jusqu'aux pignons du grenier du troisième étage. Héloïse est fière de sa demeure qui s'est agrandie de la maison voisine au fil du développement des affaires de son père. Le rez-de-chaussée des deux maisons est occupé par l'horlogerie, la bijouterie et une salle d'exposition pour les instruments de musique. Il y a au moins quarante pianos, des phonographes à rouleaux et à pavillon, des épinettes et autres petits instruments de musique. En tout temps, la maison fourmille d'activité et de gaieté grâce au travail de son père Pierre et de ses trois frères aînés.

Héloïse aime qu'on lui raconte l'histoire de son père qui s'est fait tout seul à force de persévérance et de volonté. En 1849, alors qu'il n'avait que six ans, il a perdu ses parents dans l'épidémie de choléra qui sévissait alors en France et qui l'a laissé orphelin, tout comme ses trois frères et ses deux sœurs. Par chance, il a ensuite été recueilli à l'orphelinat des sœurs franciscaines où il a reçu une éducation religieuse et musicale. Très jeune, il rendait des services dans les paroisses et les écoles de Tourcoing pour le compte des sœurs de l'orphelinat. Il a ainsi acquis une certaine réputation et a pu ouvrir un atelier de réparation qui est peu à peu devenu une vraie horlogerie-bijouterie. Il n'avait que vingt-cinq ans quand il a fondé la Maison Coulmiers. Évidemment, une partie de son succès était due au soutien de son épouse Marie-Augustine, née Maréchal, une jeune Tourquennoise (elle-même fille et sœur de bijoutiers) que Pierre avait épousée en 1873 et qui s'occupait de la comptabilité.

Héloïse se remémore tout cela alors que la famille presque entière est au deuxième étage, dans la grande chambre de ses parents. Un par un, les fils Coulmiers ont été appelés au chevet de leur père et la jeune fille attend son tour, aux côtés d'Anna.

Paul a été le premier à monter. Fils aîné de la famille, il a vingt-cinq ans, c'est un homme. Il impressionne avec sa mine autoritaire. Il a toujours réponse à tout et, après avoir pris son temps pour analyser un problème, il tranche et veut qu'on lui obéisse. Heureusement, il joue du piano et, derrière son instrument de musique, il devient plus humain.

Éloi, frère et parrain d'Héloïse, est monté en second. D'un an le cadet de Paul, il est de nature amicale et a toujours un projet d'invention en cours. Il est un peu distrait, certes, mais il perçoit des choses que personne d'autre ne voit. Il joue du violoncelle avec un air d'être ailleurs et sa musique transporte ceux qui l'entendent.

Puis ce fut le tour de Léon, vingt-deux ans. Léon mystifie Héloïse, car il est un acteur né et la jeune fille ne sait jamais s'il dit vrai ou s'il lui fait croire quelque invraisemblance. Léon a un tempérament prompt et il ne faut pas le contrarier. Il joue du violon, mais Héloïse trouve qu'il en tire des sons peu harmonieux.

Enfin Jean, qui n'a que dix-huit ans, a été appelé et a jeté des regards d'encouragements à Héloïse en quittant le salon.

— Ne t'inquiète pas, petite sœur! Je serai là pour toi.

Jean est le confident d'Héloïse, elle peut tout lui dire, il ne juge jamais et sait la réconforter quand elle ne comprend pas les décisions de ses aînés. Aux yeux d'Héloïse, il est le plus beau de tous ses frères et le plus talentueux. Il chante merveilleusement bien, il dessine et peint. Héloïse peut rester des heures à l'écouter et à le regarder travailler...

Mais voilà qu'Anna, qui n'a que deux ans de plus qu'Héloïse, est convoquée à son tour. Anna est déjà presque une femme et Héloïse en est un peu jalouse. Il faut dire qu'Anna est très jolie et qu'elle attire le regard des hommes. Un peu frivole, elle s'inquiète toujours du bon agencement de ses toilettes et espère faire un beau mariage. Aux yeux d'Héloïse, penser déjà au mariage est ridicule. Avant tout, la jeune fille veut vivre et accomplir sa destinée.

L'attente est longue. Héloïse s'inquiète. On a bien essayé de lui cacher l'état de santé de son père, mais elle sent que, depuis une semaine, plus rien n'est pareil dans la grande maison habituellement si gaie.

— Héloïse, Héloïse, est-ce que tu peux venir, s'il te plaît? l'appelle sa mère d'une voix attristée.

Quatre à quatre, Héloïse monte le grand escalier. Sur le palier, encore cette odeur de médicament qui flotte. La porte de la chambre de ses parents est entrouverte et elle aperçoit ses frères et sa sœur, la mine basse, en cercle autour du lit de leur père. Il est pâle, la tête reposant mollement sur les grands oreillers de plumes ornés de dentelle que l'on ne sort que rarement. Le malade se tourne et esquisse un frêle sourire en découvrant sa petite dernière. Héloïse est la préférée de son père et elle le sait. Le cœur de la jeune fille se serre: cet homme, son père si fort, si vaillant, pourquoi a-t-il l'air si vieux? Il doit guérir et reprendre sa place de chef de famille.

— Héloïse, dit-il d'une voix faible, tu as été mon rayon de soleil. Tu es le ciment de cette maisonnée, promets-moi de toujours faire régner l'harmonie entre tes frères. Je compte sur toi.

12

Il reprend son souffle :

— Tu seras aussi le rayon de soleil de ta mère. Je te la confie.

Une chape de plomb tombe sur les épaules d'Héloïse qui est en mille morceaux. Elle comprend : plus rien ne sera jamais pareil. Elle observe ses frères et sa sœur pour vérifier s'ils ont bien compris le rôle qu'elle devra jouer. Puis elle s'approche de sa mère et, tout en pleurant silencieusement, elle lui prend la main.

Chapitre 1

Préparatifs – Tourcoing, mars 1906

> *Enfin, j'ai le goût de vivre:*
> *Je tiens ma part de bonheur!*
>
> — Héloïse C.

Il est midi. Le rez-de-chaussée de la demeure étant réservé aux activités commerciales, le repas est servi dans la salle à manger située au premier. Les deux fenêtres de la pièce laissent entrer un timide rayon de soleil entre deux averses. L'église Saint-Christophe, que l'on aperçoit de biais, luit comme lavée par les giboulées de mars. Une odeur réconfortante de mijotée de bœuf flotte dans l'air. Marie-Augustine, la belle cinquantaine, droite et affairée, rectifie certains détails sur la table, redresse les couverts de service et arrange une pivoine qui cherche à s'échapper du bouquet au centre de la table. Elle est aidée de Blanche, petite, vive malgré sa forte corpulence et débordante de tendresse. Blanche a élevé tous les enfants Coulmiers et, en vieillissant, elle aide à tenir la maison.

Faisant son entrée par la porte de la cuisine, Anna, élégante, le port altier, jette un coup d'œil à son reflet dans le grand miroir au-dessus de la cheminée. Apercevant le regard réprobateur d'Héloïse, elle fait mine de rien et dépose la corbeille à pain sur la table avec un geste de souveraine. On entend des pas précipités dans l'escalier. Comme d'habitude, Paul, trentenaire grand et solide à l'œil vif et au visage ovale orné d'une moustache et d'un petit bouc, précède ses frères. Éloi le suit, un peu plus grand, les épaules plus carrées, les yeux pétillants de gaieté, et la barbe bien taillée. Léon entre à son tour, dépassant ses deux frères aînés de quelques centimètres, le torse bombé pour se donner de l'importance. Il s'empresse de prendre une place de choix face à la fenêtre tout en s'exclamant :

— Jean est encore en retard !

— Je l'entends, répond Héloïse avec vigueur, toujours prête à défendre son frère favori.

— Il ne nous a pas aidés ce matin pour régler les derniers détails du fonctionnement du sous-marin, se plaint Paul.

À ces mots, la silhouette svelte et élancée de Jean apparaît dans l'encadrement de la porte de la salle à manger. Sa démarche souple, presque féline, est agrémentée par l'éclat de son visage régulier à la moustache triomphante.

— J'étais occupé à répéter pour mes examens au conservatoire de Lille et je pense que cette exposition internationale de Tourcoing vous fait perdre la tête.

— On le sait, tu fais toujours bande à part, réplique Éloi.

— On n'est pas à Paris ici, rajoute Jean d'un air de défi. Qui vous dit qu'on aura le même succès ici que dans la capitale en 1889 et 1900 ?

— Tu n'y connais rien, Jean, riposte Paul, l'air excédé. Je suis très fier que la Maison Coulmiers ait été choisie par le directeur de l'exposition de Tourcoing pour créer la plus importante attraction de l'exposition.

— Le voyage sous-marin en sera le clou ! s'exclame Éloi. Imaginez être à bord d'un engin submersible, comme dans le roman de Jules Verne *Vingt mille lieues sous les mers*. Une fois que nous l'aurons exposé, toutes les villes du monde voudront nous acheter ce manège.

16

— Avez-vous vérifié combien cela va nous coûter ? continue Jean.

— Voyons, mes enfants, nous n'allons pas recommencer ces discussions stériles, intervient Marie-Augustine, le repas est servi.

Les protagonistes font une trêve et se servent. Il faut savoir que Paul a déjà gagné une médaille d'or pour le piano électrique et le cinématographe de l'exposition d'Arras en 1904[1]. Ainsi, quand on lui a demandé de penser à une attraction audacieuse et originale qui pourrait attirer les industriels français et étrangers à Tourcoing, il n'a pas hésité une seconde. Aidé d'Éloi, fervent admirateur de Jules Verne, ainsi que de Léon, il a imaginé des excursions en sous-marin. Le projet tout entier est conçu dans le style du Grand Palais de Paris et couvre plus de deux cents mètres carrés. Il est installé en plein cœur du parc de l'exposition comme pour se démarquer des autres attractions. À l'extérieur de la zone de plongée, un phare majestueux se dresse. Les visiteurs y entrent et pénètrent dans le sous-marin par un sas avant de commencer leur descente en mer. En réalité, il s'agit d'un bassin de plongée circulaire, soit une immense piscine de quarante mètres de diamètre sur deux mètres cinquante de profondeur. Les frères y font tourner une sorte de carrousel avec quatre sous-marins partiellement immergés et des paysages aquatiques doivent défiler devant les yeux des passagers grâce à des mécanismes d'horlogerie et à des projections. Trente personnes travaillent sur ce chantier depuis plus de six mois...

Après l'intervention de Marie-Augustine, la question de Jean demeure sans réponse. Paul, Éloi et Léon reprennent leur conversation animée sans plus se soucier des autres

---

1. À l'époque, les grandes capitales, dont Paris, organisent des expositions dites «universelles». Ces expositions servent à mettre en valeur des idées avant-gardistes sur les plans industriel, technologique, artistique, etc. En 1904, Arras accueille l'Exposition du nord de la France centrée sur l'activité industrielle des départements du Nord.

personnes présentes et en ignorant les questions qu'Héloïse tente de poser sur le projet.

— Héloïse, occupe-toi plutôt de la toilette que tu porteras à l'exposition, comme Anna. Nous avons besoin de toute notre concentration pour les derniers ajustements du sous-marin.

Vexée, la jeune femme baisse le nez dans son assiette. Mais son désir de participer est plus fort et elle s'arme de courage pour lancer :

— Jean et moi pouvons aider. J'ai dix-sept ans, je peux vous être utile.

— C'est une bonne idée, tranche Marie-Augustine. Pourquoi Héloïse ne pourrait-elle pas vous aider au stand de pianos pendant que vous vous occupez des sous-marins ? Jean serait aussi très content de participer. N'est-ce pas, Jean ?

Ce dernier hoche la tête sans trop d'enthousiasme. C'est toutefois un acquiescement tacite qui n'échappe pas à Héloïse. Le visage de cette dernière s'illumine à la pensée de partager une responsabilité avec son frère préféré. Elle se tourne vers Paul avec espoir.

Paul réfléchit et consulte du regard Éloi et Léon. Il songe qu'un peu d'aide serait utile et qu'il pourrait ainsi consacrer toute son attention aux sous-marins dont le fonctionnement ne semble pas encore tout à fait rodé.

— D'accord, Héloïse, mais il faudra te préparer, il ne te reste qu'un mois pour apprendre à manier parfaitement le pianola[2], déclare Paul. Jean, tu devras lui faire répéter ce qu'elle devra dire et les morceaux qu'elle devra jouer pour la démonstration.

---

2. Un pianola est un piano mécanique qui joue de la musique automatiquement à partir de cartes perforées ou de rouleaux métalliques. Son nom lui vient de la marque Pianola de la société Æolian. Le nom pianola est devenu un terme générique.

Héloïse se sent à la fois craintive et fière. D'un côté, son audace la surprend, mais d'un autre, elle sait qu'elle vient de franchir un mur pour enfin pénétrer le domaine des affaires de la famille. Ce soir-là, elle couche des vers optimistes dans son carnet de poésie.

Chapitre 2

L'exposition – Tourcoing, 28 avril 1906

*Lever de rideau merveilleux où
chacun va jouer son rôle
La lune glisse au fond des cieux et
l'Alouette enfin s'envole!*

— Héloïse C.

Les cinq coups de l'horloge font résonner la maison. Trop énervée par ce qui l'attend dans la journée, Héloïse est incapable de se rendormir. Aujourd'hui, elle devra tenir le stand de pianos avec Jean et faire la démonstration du pianola. Sera-t-elle à la hauteur? Paul lui a dit que ce piano mécanique intéresse les industriels fortunés, et qu'il faut donc expliquer son fonctionnement en montrant que c'est très simple. Héloïse, partagée entre la peur et l'excitation, se voit déjà accueillir de grandes personnalités, des virtuoses, des acheteurs et des revendeurs d'un peu partout.

Bref, n'y tenant plus malgré l'heure matinale, la jeune femme se lève. Elle contemple son reflet dans la psyché de sa chambre. Il lui semble que sa silhouette, bien que frêle, dégage de l'énergie. Elle aimerait avoir un visage d'une beauté classique comme celui de sa sœur, mais elle trouve son front trop haut et sa bouche trop petite. Longtemps, elle s'est trouvée laide, jusqu'au jour où la mère supérieure de son école l'a complimentée sur son sourire. Héloïse sait maintenant que son visage est très expressif. De plus, elle est fière de ses yeux bleus et de ses cheveux blonds un peu bouclés qu'elle remonte en chignon.

Alors qu'elle se prépare, Héloïse choisit avec soin une longue robe de soie bleu pastel qui lui sied bien au teint et avantage sa silhouette. Une fois prête, elle s'assied sur le bord du lit et a tout le loisir de réfléchir sur les événements qui ont suivi la mort de son père. Paul a pris les rênes de la famille et, avec Éloi et Léon, il s'enthousiasme pour toutes les nouveautés et inventions possibles en plus de gérer l'entreprise familiale. Ensemble, les trois frères s'investissent dans tout nouveau projet sans compter ni leur temps ni leur argent. Héloïse déplore leur tendance à l'exclure et espère que la journée à venir changera cette manie.

* * *

L'effervescence grimpe autour de sept heures lorsque la jeune femme et ses quatre frères montent dans la voiture à cheval qui les conduit au parc des Expositions situé à l'entrée de la ville sur le Grand Boulevard. Déjà, la circulation est dense et les cochers qui se querellent contribuent à augmenter le niveau sonore. En chemin, Paul semble inquiet. Il risque gros avec l'attraction des sous-marins où il a englouti sans compter les réserves familiales.

— Il faut que notre père soit fier de nous. Je compte sur vous tous.

— Nous devons faire honneur à son nom… notre nom! renchérit Léon.

C'est dans le bâtiment consacré aux nouveautés et inventions que se trouve le stand des pianos. Les bâtiments voisins sont plutôt occupés par tout ce qui concerne le textile et l'industrie lainière. Ils servent de vitrine au rayonnement textile de la ville, alors à son apogée. L'enceinte de l'exposition fourmille ce matin d'activités entourant la préparation de toutes les attractions : ballon captif, plongeurs cyclistes, natation dans le canal, chute d'eau, château du diable, sous-marins...

Les trois frères aînés ont déposé Jean et Héloïse au pavillon des arts et nouveautés. Ils ont vérifié que tout le matériel était en place, puis se sont dirigés vers leur attraction des sous-marins, située à quelque cent mètres de là.

À peine installé, Jean, mal à l'aise, se tourne vers Héloïse.

— Il faut que tu me rendes un immense service. Je dois aller à Lille ce matin avec mes amis Henri Dufebvre et Paul Duman pour passer une audition de chant. C'est un rôle important et je vais devoir te laisser seule pendant trois heures. En es-tu capable ?

Héloïse se fige. Comment Jean peut-il lui demander cela en cette journée si importante ? Ce dernier reprend :

— Héloïse, ce n'est pas si loin, il n'y a que quinze kilomètres que je parcourrai en train. Je serai revenu avant midi. J'ai déjà plus de vingt ans, je dois saisir ma chance.

Le sang d'Héloïse ne fait qu'un tour. Elle qui se faisait une telle joie d'être auprès de Jean... Bien vite, elle se ressaisit.

— Jean, je serai capable, je pense... Va à l'audition. Je te souhaite le plus grand des succès, mais, par pitié, reviens vite !

Dès qu'Héloïse voit la haute silhouette de Jean s'éloigner dans les allées du pavillon, sa belle assurance commence à s'effriter. Pour calmer sa nervosité, elle répète mentalement le discours qu'elle a appris par cœur. « Le pianola a été inventé en 1897 par un ingénieur américain nommé Edwin S. Votey. Le dépositaire du brevet est la société américaine Æolian. La Maison Æolian de Paris a choisi la Maison Coulmiers pour les représenter. Le pianola appartient à la catégorie des automatophones. C'est un pneumatique qui fonctionne avec un rouleau de papier perforé qui défile de façon verticale devant une tige de fer également perforée.

Cette tige s'appelle flûte de pan et elle est placée perpendiculairement par rapport au rouleau. »

Satisfaite de sa mémoire, elle se met à chercher des arguments pour rendre son intervention plus intéressante, mais un mouvement de foule se produit et la déconcentre.

Une trentaine de personnes entourent un monsieur d'âge mûr, de grande taille et de belle prestance, qu'elle aperçoit au bout de l'allée. L'homme tient une canne à pommeau d'argent qui lui donne un air aristocratique. Sa moustache est sculptée. Il porte un haut-de-forme. Il visite l'exposition très lentement, s'arrêtant devant chaque stand. Or, la foule le suit et semble boire ses paroles. De toute évidence, c'est un personnage important, un notable, mais est-il un expert en instruments de musique ? Héloïse observe le groupe qui se rapproche et se fait toute petite, espérant qu'il ne la remarquera pas. Sa timidité la submerge. L'homme se dirige vers son stand.

Une seconde d'hésitation, un vent de panique, un doute sur ses compétences : Héloïse est désemparée. Pour se donner une contenance, elle s'assoit au pianola. Elle choisit un air de Chopin que son père affectionnait tout particulièrement. Elle se lance. Tout en regardant la mélodie sur le rouleau qui défile dans une fenêtre au-dessus du clavier, elle contrôle la manette qui permet de ralentir ou d'accélérer le déroulement du rouleau.

Elle contrôle également la pression exercée par ses pieds sur le pédalier pour atténuer ou accentuer l'attaque des notes. Héloïse se sent bien et oublie sa timidité. Elle se laisse porter par la musique. Elle oublie la foule, le décor grandiose du pavillon où elle se trouve et donne de l'âme à son jeu.

Quand la dernière note s'envole, le silence est brisé par des applaudissements bien marqués. La jeune fille se tourne et voit tous ces gens regroupés pour l'écouter, ce qui la ramène à la réalité. L'homme distingué est devant elle. Elle voit son visage, ses yeux vifs qui la regardent avec intérêt. Il a enlevé son chapeau qu'il tient dans l'une de ses mains gantées.

— Bravo, mademoiselle, voici une très belle interprétation de notre bien-aimé Chopin. Comment avez-vous fait ressortir la mélodie par rapport à l'harmonie?

— Monsieur, j'ai tout simplement donné plus de force aux notes situées au-delà de la troisième octave. Le pianola que j'ai utilisé ici permet de faire jouer les quatre-vingt-huit notes du piano.

Le visiteur qui s'exprime avec un léger accent anglais paraît satisfait de la réponse. Ses yeux parcourent le stand.

— Quel est votre nom, mademoiselle?

— Je m'appelle Héloïse Coulmiers, monsieur.

— Je parlerai de vous à vos frères, mademoiselle.

Aussi prestement qu'il est arrivé, le voilà reparti avec sa nuée d'admirateurs. Héloïse reste interdite et se demande qui est ce visiteur... Il semble connaître sa famille... Le reste de la matinée se résume en quelques explications et démonstrations. À midi, Jean revient.

— Ma chère petite sœur, comment cela s'est-il passé?

Avec force détails, elle lui décrit le passage du monsieur distingué à l'accent anglais.

— Héloïse, je crois qu'il s'agit de monsieur Alfred Gired, le grand patron d'Æolian. Il vient de New York, mais réside très souvent à Londres et à Paris. Nos frères espéraient recevoir sa visite. Son opinion est capitale pour la suite de notre collaboration commerciale avec cette maison prestigieuse.

— Mais comment savoir s'il a été satisfait de ma démonstration? J'espère que je n'ai pas commis un impair...

— Il va certainement se rendre au pavillon des sous-marins. Il t'a dit qu'il allait parler de toi à nos frères. Tu le sauras bien, ce qu'il en pense... Pas plus tard que ce soir!

Chapitre 3

Dîner de famille – Tourcoing, 28 avril 1906

> *Dans le jour finissant*
> *tournent les hirondelles,*
> *Les nuages sont las ; bientôt il va pleuvoir*
> *Ce sont des cris aigus, c'est un tourbillon d'ailes*
> *Et je suis dans le jeu sans même le savoir.*
>
> — Héloïse C.

La première journée de l'exposition terminée, tous sont enfin de retour à la maison. Paul, Éloi et Léon ont rapidement salué leur mère et se sont dirigés vers le bureau de Paul où ils sont toujours. Marie-Augustine, aidée de Blanche et d'Anna, prépare le repas à la cuisine. Il y règne une bonne odeur d'épices et de gigot qui vient chatouiller les narines des cuisinières. Jean tourne autour des plats.

— Jean, peux-tu tenir compagnie à Marthe et sa mère, madame Debouvines ? Elles sont au salon avec Héloïse. Elles mangeront avec nous et je suis sûre qu'elles brûlent de tout savoir sur l'inauguration de l'exposition.

Jean, très à l'aise, file au salon où il entre en grande conversation avec madame Debouvines, une belle dame d'âge mûr aux traits fins, très coquette et habillée avec un goût exquis. Ils discutent musique et littérature. Héloïse, quant à elle, est très heureuse de se trouver auprès de sa meilleure amie, Marthe, surtout après les fatigues de la journée. Marthe est une jolie jeune fille aux cheveux noirs magnifiques, épais et lourds, qu'elle rejette vers sa nuque d'un geste charmant de la main pour dégager son visage espiègle. Ses fossettes et ses yeux bruns rieurs achèvent de conquérir ses interlocuteurs au premier coup d'œil. Héloïse saisit la main de son amie et l'entraîne dans sa chambre. Taquine, Marthe lui dit :

— Montre-moi ton journal, j'aimerais connaître tes pensées !

— Voyons, Marthe, tu n'y penses pas. C'est secret ! Et puis aujourd'hui, j'ai eu trop d'émotions.

— Raconte !

— Tu vas découvrir tout cela à table, ce soir.

— Tu peux tout me dire, on se connaît depuis toujours : nos grands-mères et nos mères sont aussi des amies.

— Mais toi, es-tu mon amie, ou viens-tu voir mes frères ? N'as-tu pas remarqué que lorsque tu arrives, ils rivalisent de prévenance pour toi ?

— Tu inventes, Héloïse, ils sont juste polis et bien élevés.

— Tu détournes la conversation, Marthe. Lequel préfères-tu ?

— C'est que... je...

Une voix qui parvient du rez-de-chaussée interrompt la discussion au grand soulagement de Marthe.

— À table !

* * *

Dans la salle à manger éclairée à l'électricité, des candélabres ornés de bougies complètent l'atmosphère festive. Une belle nappe blanche brodée recouvre la grande table.

Marie-Augustine a mis le service à bords dorés de son mariage, les verres en cristal et l'argenterie. L'effet est magnifique. L'abbé Bailleul est aussi convié à la table. Il faut dire qu'il est presque de la famille. Il doit beaucoup aux trois frères aînés qui l'ont aidé dans son apostolat. Ensemble, ils ont sillonné les villages du nord de la France, l'abbé donnant des sermons et les trois frères des représentations musicales. Pour Paul, Éloi et Léon, c'était un apprentissage des arts de la scène, de l'art d'organiser et de faire bouger les foules.

Marie-Augustine préside le repas, mais c'est Paul qui prend la parole en chef de famille.

— Prenez place et levons notre verre à la réussite de notre exposition !

— À votre santé ! clament les convives en chœur.

— En ce soir d'inauguration, je tiens à tous vous remercier pour vos efforts et votre aide. Une mention spéciale à Héloïse qui a fait une très bonne impression à monsieur Gired aujourd'hui, rajoute Paul.

La jeune femme rougit et baisse la tête, peu habituée aux éloges et encore moins en public. Les questions fusent et tous veulent avoir des explications. Jean, en principe responsable du stand des pianos, répond comme il le peut. Marie-Augustine lui lance un regard appuyé et demande :

— Mais, Héloïse, ton frère n'était-il pas avec toi pour cette démonstration ?

— J'ai voulu la faire seule, s'empresse de répondre Héloïse. Et je crois que ça a plu.

Jean ne souffle mot, Héloïse n'a pas besoin de le regarder pour savoir qu'il se sent soulagé et qu'il est heureux qu'elle ne l'ait pas trahi.

La conversation s'anime et l'abbé Bailleul fait le bilan de la journée :

— Quatre mille entrées pour l'inauguration des sous-marins ! Si vous gardez ce rythme, dans trente jours cela fera cent vingt mille entrées et vous rentrerez dans vos frais qui ont été considérables.

— C'est un fait, admet Paul, depuis que nous avons fondé la Société anonyme tourquennoise des voyages sous-marins, nos dépenses n'ont fait que s'accélérer. Les sous-marins commandés aux chantiers navals de Dunkerque ont coûté beaucoup plus cher que prévu. Par ailleurs, le terrain de l'exposition était accidenté et il a été très difficile de creuser le bassin. Les deux derniers mois, nous avons travaillé jour et nuit et avons dû embaucher de nombreux travailleurs supplémentaires pour finir d'installer les décors et les mécanismes de projection.

— Voyons, mes enfants, ce soir en est un de joie, nous ferons les comptes plus tard, les interrompt Marie-Augustine.

Cette dernière sait qu'il vaut mieux éviter le sujet de la rentabilité des sous-marins qui divise ses fils depuis un an. Déjà, il y a six mois, un autre ami de la famille, actionnaire dans la Société anonyme tourquennoise des voyages sous-marins, a demandé à rencontrer Paul pour discuter de la témérité financière de l'aventure. Malheureusement, Paul était déjà trop engagé et ne pouvait faire marche arrière...

Héloïse fait tout pour diriger la conversation ailleurs. Elle jette un regard à sa famille et à leurs amis en ce repas de fête. Anna vante les mérites de la sauce à la menthe, les trois aînés racontent des anecdotes pour attirer les regards de Marthe. Cette dernière adresse un clin d'œil complice à Héloïse. Au milieu de cette gaieté, la jeune femme se met à penser à son cher papa. Aurait-il été d'accord avec la prise de risque? Aurait-il tempéré les ardeurs de Paul?

À l'autre bout de la table, il semble que Marie-Augustine aussi soit songeuse. Ses enfants réussiront-ils à faire fructifier les affaires de la famille? Paul est à la barre et elle éprouve une fierté sans condition pour ce fils aîné qui tient lieu de chef de famille, mais elle aimerait que Jean s'implique un peu plus. La question est de savoir si Jean en a envie.

Chapitre 4

Déception – Tourcoing, octobre 1906

Les vivants sont des morts tant leur âme est lointaine
Et je suis l'étranger dans un monde cruel.

— Héloïse C.

Il fait encore chaud en cet après-midi de début d'automne. Anna, Héloïse et leur mère sont descendues au vaste sous-sol qui couvre les deux pâtés de maisons et ont ouvert les fenêtres au ras du trottoir pour aérer et chasser l'humidité. Les lieux sont sens dessus dessous avec tous les accessoires et décors des sous-marins qui y ont été empilés après la fermeture de l'exposition.

Un mois déjà que cette aventure a pris fin, en queue de poisson pour ainsi dire… Paul, Éloi et Léon n'ont pourtant pas ménagé les démarches ni les efforts pour vendre leur projet. Ils se sont rendus à Paris, ont approché le Luna Park de New York et ont aussi été à Lyon et à Bordeaux pour rencontrer les maires de ces villes en pleine croissance. Il a fallu se rendre à l'évidence : malgré leur succès auprès du public durant l'exposition, personne n'achèterait de sous-marins, ces derniers étant trop coûteux à monter et à faire fonctionner. Adieu, rêves de richesse et de notoriété, fruits

31

de tant de sacrifices et d'efforts! Pourtant, des visiteurs de partout avaient été au rendez-vous: alors que Tourcoing ne comptait que quatre-vingt-deux mille habitants, il y avait eu soixante mille deux cents entrées. De plus, la presse n'avait pas tari d'éloges.

Aujourd'hui, Marie-Augustine sait que les affaires familiales souffrent d'un important déficit. Mais pour l'heure, il faut ranger le sous-sol encombré.

— Allons, mes filles, du courage, il faut mettre de l'ordre même si tout ça finira probablement à la casse un jour ou l'autre.

— Chuuut! fait soudain Anna, un doigt plaqué contre ses lèvres et gesticulant de sa main libre pour inviter sa mère et sa sœur à la rejoindre sous la fenêtre qui donne sur le trottoir.

Dehors, des gens discutent sans se douter qu'ils sont épiés par les trois femmes.

— Quel gâchis pour les Coulmiers, déplore un homme à l'intonation hautaine. Ne voyez-vous pas, ma chère, qu'ils jettent l'argent par les fenêtres et que leur attraction sous-marine est un fiasco?

— Cher ami, vous êtes un peu dur, c'était innovateur.

— Innovateur ou non, il fallait s'y attendre. À vouloir paraître à tout prix, on se met des œillères! Tourcoing n'est qu'une ville de province et ce projet était vraiment démesuré. Je me demande quelle mouche les a piqués et qu'aurait dit leur père, que j'ai par ailleurs bien connu. C'était un homme raisonnable. Venez, poursuivons notre chemin et laissons les fils Coulmiers à leurs rêves insensés.

Des pas s'éloignent. Héloïse, Anna et leur mère sont pétrifiées. La jeune femme pleure silencieusement quand Anna rompt le silence:

— Ce ne sont que des jaloux, quittons ce sous-sol.

* * *

Marie-Augustine prépare du thé. Héloïse sent que cette dernière a été profondément blessée par ce qu'elle a entendu. Depuis qu'elle est veuve, Marie-Augustine s'applique à soutenir l'enthousiasme de ses fils en tâchant de laisser à chacun sa chance. Paul se charge de la gestion de l'horlogerie-bijouterie et des instruments de musique. Éloi fait tourner l'usine de fabrication et de réparation des instruments de la rue de la Tossée, non loin de la demeure familiale. Quant à Léon, son entregent lui a valu tout naturellement de s'occuper des relations avec la clientèle. Jean, enfin, poursuit ses études en musique à condition d'aider ses frères, lorsque nécessaire.

Marie-Augustine se demande si elle devrait s'intéresser davantage aux affaires. Elle ne participe pas à toutes les décisions, mais Paul sollicite son avis de temps en temps, comme l'avait suggéré son mari. Peut-être que les choses auraient été différentes si elle avait été plus présente et vigilante. Est-elle coupable du fiasco financier de l'aventure sous-marine ?

La porte de la salle à manger, où se sont réfugiées la mère et ses filles, s'ouvre avec fracas. Paul s'écrie :

— Je viens d'avoir la visite du syndic de la Société anonyme tourquennoise des voyages sous-marins, dit-il en tournant nerveusement son chapeau entre ses mains. En tant qu'actionnaire principal, la dette de notre famille s'élève à près de soixante-dix mille francs !

Héloïse a le souffle coupé. D'habitude, Paul ne fait pas ce genre de commentaire en présence de ses sœurs. Évidemment, elle ne connaît pas le chiffre d'affaires de la société, mais la somme lui semble astronomique.

— Paul, il aurait fallu inviter des acheteurs potentiels à l'exposition alors que l'attraction fonctionnait, répond la mère.

C'est la première fois que Marie-Augustine fait une remarque à son fils aîné et qui plus est devant témoins. Héloïse et Anna et se font toutes petites.

— Convoque un conseil de famille dès ce soir. Nous devons agir. Notre nom ne peut être traîné dans la boue pour des dettes ! ajoute-t-elle.

Paul accuse le coup par un raidissement de tout son corps. Néanmoins, il redresse le torse et quitte la pièce avec autant de fracas qu'à son entrée. Héloïse sent qu'il est déterminé. Or, aux yeux de la jeune fille, cette détermination frisant l'acharnement si caractéristique de son frère semble de bon augure.

Tout le reste de l'après-midi, Héloïse attend anxieusement Jean, parti à Lille. Elle doit le prévenir de ce qui s'est passé. Dès qu'elle le voit arriver, elle l'entraîne dans le corridor.

— Jean, nous avons d'énormes dettes à cause de l'exposition, nous tiendrons même un conseil de famille ce soir.

Jean pâlit.

— Tu as peur pour tes études? demande la jeune femme émue par le trouble de son frère.

— Oui, avoue-t-il, si je devais les abandonner, j'en mourrais!

Héloïse lui serre la main en se demandant comment elle pourrait l'aider.

Mais il est presque six heures et, sans faire d'autres commentaires, ils se rendent tous les deux au bureau de Paul au troisième étage. Tous s'installent autour d'une table dans la pièce dont les nombreuses fenêtres donnent sur la place Saint-Christophe. La nervosité est palpable. Au lieu de s'installer derrière son bureau, Paul rejoint le groupe autour de la table. Il a l'air soucieux et joue avec sa montre de gousset en or qu'il range et ressort et range encore dans la pochette de sa veste. Éloi est plongé dans ses pensées, Léon affiche un curieux sourire comme pour braver l'adversité. Anna baisse la tête en se demandant si les ennuis financiers de la famille la priveront d'un bon mariage. Jean et Héloïse, la mine anxieuse, ne soufflent mot.

Finalement, c'est Marie-Augustine, très droite et pâle, qui prend la parole.

— Nous allons nous départir de l'activité horlogerie-bijouterie créée par votre père. Nous pourrons en tirer dans les quarante mille francs. Il faut encore trouver trente mille francs.

— Maman! Nous ne pouvons exiger de vous un tel sacrifice! s'exclame Paul avec effroi.

— Il le faut. À moins que vous n'ayez une autre solution. La dette ne s'effacera pas d'elle-même...

Toutes les têtes se penchent en signe d'acquiescement.

— Bien. Maintenant, que proposez-vous pour le reste de la dette?

— Il faudrait augmenter les ventes de pianolas. Le stand a bien fonctionné durant l'exposition, commente Léon toujours pratique.

— Nous sommes déjà représentants d'Æolian pour le Nord, dit Éloi. Or, j'aimerais mieux développer des orgues de salon et les commercialiser : il y a un avenir fantastique dans ce domaine.

— Pour cela, il nous faudrait de l'argent et nous n'avons plus rien. Éloi, sois réaliste, intervient Paul.

Le silence s'installe. Chacun semble soupeser l'effet de ces propos. Jean, qui ne s'implique pas d'habitude, prend la parole :

— Héloïse a fait une très bonne impression à monsieur Gired, le grand patron d'Æolian New York. Pouvons-nous exploiter cette avenue?

— Très bonne idée, Jean, approuve Paul. Héloïse et moi irons à Paris rencontrer monsieur Gired qui y est encore pour un mois avant de retourner à New York. Je vais lui demander l'exclusivité et l'extension de notre territoire de vente sur le plan national et pourquoi pas européen...

Héloïse n'en croit pas ses oreilles : elle va aller à Paris et revoir monsieur Gired qui l'a fortement impressionnée! Son cœur bat plus vite alors que les conversations s'accélèrent et que les idées et les conseils fusent de partout. Décidément, ses trois frères ont un optimisme à toute épreuve et c'est pleins d'espoir qu'ils se jettent sur cette bouée de sauvetage que représente la vente de pianos mécaniques.

Héloïse n'écoute plus rien. Elle se projette à Paris, imagine les préparatifs, le départ en train, l'arrivée dans cette immense gare du Nord dont tout le monde parle. Une seule ombre au tableau : elle aurait vraiment préféré y aller avec Jean. Ça aurait été un voyage de rêve. Au lieu de cela, il faudra qu'elle fasse bonne figure auprès de Paul qui la traite avec condescendance. Et que dira-t-elle à monsieur Gired ? Il l'intimide plus qu'elle ne voudrait l'admettre. Elle remue toutes ces pensées et réfléchit à toutes les aspirations de sa famille. Ce soir-là, elle s'épanche dans son précieux journal :

Le Rêve

Le rêve habite en nous,

C'est un être léger

Si léger qu'un seul mot

Qu'une ombre l'intimide !

Est-ce un reflet dans l'eau qui par le vent se ride ?

Ou la plume qu'on tient d'un oiseau de passage ?

La Phalène des nuits vagabondant sur l'onde,

La feuille que la brise emporte sans effort,

Et l'échelle de soie où l'araignée s'endort

Sont plus pesant que Lui dans les choses du monde.

Et pourtant l'Univers pour Lui n'est que prison,

Il veut toujours plus loin se promener en maître,

Et n'est qu'un Roi captif derrière sa fenêtre

Accablé sous le joug de l'humaine raison.

Chapitre 5

Æolian – Paris, novembre 1906

Aventureux, je marche emporté par la ronde
Il semble que ce soir je puis tout à loisir
Ignorer la laideur et les peines du monde
Et laisser vers le ciel s'envoler mon désir.

— Héloïse C.

Dans un fracas de crissements et de sifflements, alors qu'un épais nuage de vapeur obscurcit le quai, l'énorme cheval de fer s'est enfin arrêté. De sa place dans le compartiment de deuxième classe, Héloïse scrute le quai afin d'apercevoir les employés qui ouvriront les portes. Des coups de sifflet retentissent.

— Gare du Nord. Paris. Terminus ! Tous les voyageurs sont priés de descendre. Terminus ! Terminus !

La cacophonie est presque amusante pour les arrivants qui doivent se frayer un passage entre les longues files de voyageurs en attente de leur embarquement.

— Porteurs ! Porteurs ! Pour la modique somme de cinquante centimes !

Héloïse aperçoit par la vitre du compartiment l'immense horloge de la gare. Il est onze heures ! Paul et elle sont partis à six heures ce matin. Ils se secouent pour chasser la fatigue. Quelle agitation ! Ils descendent parmi une foule pressée d'hommes en costume. Héloïse ne peut voir la locomotive, mais à Lille, sur les quais, elle a vu un train qui arrivait au milieu de gerbes d'étincelles auréolées d'un gigantesque panache gris-blanc tel un diable échappé de l'enfer. Elle serre son sac de voyage contre elle, effrayée, mais trop orgueilleuse pour montrer à son frère aîné que tout cela l'intimide. Ce dernier, sûr de lui, regarde le spectacle en connaisseur et salue même d'un coup de chapeau quelques passagers avant de donner le bras à sa sœur pour quitter le quai. Et alors que la jeune fille s'interroge sur sa prochaine rencontre avec monsieur Gired, Paul lui donne ses recommandations :

— Héloïse, avec monsieur Gired, tu ne réponds qu'aux questions et tu me laisses parler. Je dois négocier pour que nous obtenions l'exclusivité des ventes de pianolas que nous sommes venus chercher.

Elle n'est pas certaine de bien comprendre les enjeux, mais acquiesce tout de même en espérant que le succès de ses frères sera aussi le sien.

Paul et elle sont ballottés par la foule, car les gens s'interpellent, les porteurs se bousculent et la plupart des voyageurs semblent pressés. Un énorme courant d'air froid se glisse le long des quais et ils sont à peine protégés par l'énorme verrière sur laquelle dégouline la pluie, achevant de laisser à Héloïse une impression de chaos qui ressemble à une fin du monde. Paul se retourne et toussote fréquemment comme pour lui dire de se dépêcher. Ils vont au trente-deux, avenue de l'Opéra, dans un quartier prestigieux. Ils ne traverseront pas la Seine. Héloïse la verra-t-elle ? Elle suppose que cela dépendra de l'humeur de Paul après la réunion.

Au sortir de la gare, ils prennent le tramway qui doit descendre un immense boulevard au bout duquel se trouve l'opéra Garnier. Paul aurait bien voulu prendre le métro qui vient d'être inauguré, mais Héloïse l'a supplié de rester à la surface : elle veut tout voir !

À la grande déception de la jeune femme, les vitres du véhicule ne sont pas vraiment propres. La fine pluie obscurcit le ciel, mais présente l'avantage de rendre la chaussée luisante, ce qui donne un petit air de fête aux fiacres qui circulent en suivant les longues enfilades de réverbères. Ils contournent l'opéra Garnier et Héloïse, stupéfaite, constate qu'il est bien plus grand qu'elle ne se l'imaginait. Toutefois, les proportions du bâtiment sont harmonieuses et il est orné de magnifiques sculptures représentant la poésie et la musique. Mais le temps passe vite et il faut déjà quitter le tramway.

Après avoir marché deux coins de rue pour, semble-t-il, bien mouiller leurs bottines, ils s'arrêtent face au heurtoir en cuivre étincelant du trente-deux, avenue de l'Opéra et Héloïse en revient au but de sa visite à Paris. Sur une plaque de cuivre, elle peut lire : The Æolian Cie. Le bâtiment est imposant avec ses sept étages et la jeune femme se sent toute petite.

À l'intérieur, le frère et la sœur sont accueillis par un concierge stylé dans un hall spacieux qui leur indique un ascenseur avec une grille de fer forgé finement ouvragée. Les bureaux de la direction sont au premier étage, les informe-t-on. Sur place, Paul s'éclaircit la gorge pour chasser sa nervosité.

Une secrétaire, la jeune quarantaine, vêtue comme une gravure de mode, à la démarche maniérée, les fait attendre dans un salon aux profonds canapés. Les murs sont couverts de tableaux, de photographies et d'estampes. Paul est fasciné par un croquis : une coupe du mécanisme du pianola, datée de 1898. Héloïse suit, de cadre en cadre, l'illustration des progrès de l'entreprise qui s'étalent d'une époque à l'autre. Son regard s'attarde sur la photo d'un magnifique pianola à queue devant lequel une jolie jeune femme, l'air inspiré, est assise, les mains près du clavier et les pieds sur les pédales.

— Chers amis, avez-vous fait bon voyage ? s'exclame monsieur Gired de son accent chantant en surgissant dans la pièce. Mademoiselle Héloïse... mes hommages... vous contemplez le portrait de ma fille, une pianoliste émérite comme vous, dit-il en lui prenant la main pour la mener à ses lèvres.

Héloïse se sent rougir au point d'en perdre la voix. C'est donc Paul qui prononce les phrases de politesses usuelles.

— Monsieur Coulmiers, allons dans mon bureau ; tandis que ma secrétaire, madame Dupont, s'occupera de mademoiselle votre sœur, enchaîne le directeur général.

Le sang d'Héloïse ne fait qu'un tour. *J'ai parcouru tout ce trajet pensant que je serais partie prenante dans cette réunion*, pense-t-elle, *et me voici écartée et laissée pour compte devant la conversation la plus importante de ma vie ! Quelle ironie ! Ils font déjà comme si je n'étais plus là*, déplore-t-elle alors que son frère s'engouffre dans le bureau de monsieur Gired sans se retourner. *Au rayon des affaires, je ne suis pas admise !* Toute à sa déception, elle entend à peine madame Dupont qui s'adresse à elle :

— Mademoiselle, puis-je vous offrir une tasse de thé ?

La jeune femme répond d'un oui machinal et s'assied sur le canapé, alors que la secrétaire disparaît pour aller chercher le thé dans une pièce adjacente. La tête basse, Héloïse se morfond quand un léger toussotement lui fait relever la tête. Devant elle se tient un jeune homme, la figure assez carrée, beaucoup plus grand qu'elle, l'air gauche, qui se dandine d'une jambe sur l'autre. Il ne semble pas avoir plus de seize ans. Elle remarque quelques boutons sur son visage.

— Mademoiselle, me reconnaissez-vous ? lui demande-t-il d'une voix timide.

Héloïse, interloquée, ne sait que répondre.

— J'étais avec monsieur Gired lors de l'exposition internationale de Tourcoing, le printemps dernier. Je vous ai vue jouer magnifiquement du pianola, lui dit-il tout d'un trait.

Elle fouille sa mémoire. Rien. Il faut dire qu'à ce moment-là, elle n'avait eu d'yeux que pour monsieur Gired. Néanmoins, elle s'efforce d'être aimable.

— Merci pour ce compliment, monsieur, je n'ai pas de mérite, le pianola joue tout seul. Puis-je connaître votre nom ?

— Je m'appelle Louis, Louis Cherrier et je viens du Canada.

Devant l'air perplexe d'Héloïse, il précise :

— Le Canada est un très vaste et beau pays au nord de l'Amérique. Voltaire, l'un de vos plus grands polémistes, le décrivait comme quelques arpents de neige, une vision très réductrice des choses.

Le jeune homme s'anime et ne semble plus si timide. Il est plutôt attendrissant.

— Comment connaissez-vous Voltaire ? On dit ses écrits bien peu recommandables. Est-ce vrai qu'il ne croit ni à Dieu ni à diable ?

— Rassurez-vous, mademoiselle, je ne suis pas athée. En fait, j'ai été élevé chez les Jésuites à Montréal. La littérature me fascine, les idées m'emportent...

Madame Dupont réapparaît avec une tasse de thé fumant.

— Je vois que vous avez fait connaissance avec monsieur Louis, qui est en stage chez nous. Jeune homme, pouvez-vous aller me chercher les contrats avec la Belgique au troisième étage, je vous prie ?

Louis s'exécute après avoir adressé un bref sourire à Héloïse. Cette dernière se promet, dès son retour, de questionner Jean pour en savoir plus sur le Canada, un pays tout blanc habité par des sauvages si on en croit la rumeur.

Puis, après d'interminables minutes, Paul sort enfin du bureau suivi par monsieur Gired. Les deux hommes ont le sourire aux lèvres et leur poignée de main est des plus chaleureuses. Ils prennent congé et le frère et la sœur se retrouvent sur le trottoir, avenue de l'Opéra. Il ne pleut plus et un timide rayon de soleil fait luire la chaussée et les façades des immeubles cossus. Paul est d'excellente humeur et convie Héloïse dans un café restaurant près du Louvre.

— Nous avons trois heures avant de reprendre notre train, lui annonce-t-il en souriant.

Attablé devant un repas réconfortant, Paul raconte l'entretien. Le plan prévu fonctionne et les Coulmiers auront l'exclusivité des ventes de pianos mécaniques pour la France et la Belgique. Et si la famille fait ses preuves en atteignant les objectifs de ventes établis, cette exclusivité s'étendra à la Suisse et jusqu'en Afrique du Nord. Bien sûr, il faudra mettre les bouchées doubles...

Héloïse se contente d'écouter sans oser intervenir. Tout en dévorant avec appétit un baba au rhum, Paul ajoute :

— Héloïse, monsieur Gired m'a dit le plus grand bien de toi, je te félicite. Pour te récompenser, que dirais-tu d'aller rendre visite à ta sœur jumelle ?

La jeune femme écarquille les yeux.

— Je n'ai pas de sœur jumelle !

Paul, l'air taquin, essaie visiblement de la mystifier.

— Eh bien... voyons... la tour Eiffel et toi, vous êtes nées la même année, cent ans après la Révolution[3].

La tour Eiffel ! Dans ses rêves les plus fous, elle n'aurait jamais imaginé s'y rendre. Elle bat des mains comme une enfant et résiste à l'envie de sauter au cou de Paul.

— Oh oui, oh oui, merveilleux !

Les voilà en route, en fiacre, pour voir ce quartier fabuleux. Ils parcourent la rue de Rivoli avec ses arcades, la place de la Concorde avec son obélisque et sa vue sur l'enfilade des Champs-Élysées. Comme tout est grandiose, démesuré ! Ils traversent la Seine qui semble bien sombre à Héloïse, sans doute un peu triste... Et voilà qu'elle aperçoit, toute majestueuse, la Grande Dame de fer qui s'élance dans l'air.

— Savais-tu que cent sept personnes ont présenté des projets lors du concours lancé en 1886, trois ans avant

---

3. La tour Eiffel a été inaugurée en 1889 pour la dixième Exposition universelle de Paris dont le thème était la Révolution française.

l'exposition universelle, pour étudier la possibilité d'élever sur le Champ-de-Mars une tour de fer ? lui dit Paul.

— Décidément, à Paris, ils aiment les concours. Ils ont dû refuser cent six dossiers ? demande Héloïse tout en pensant à Jean qui doit souvent accepter cette compétition insoutenable qu'on impose aux artistes...

Puis, comme dans un rêve, elle se retrouve au pied de la tour. Elle a le vertige rien que de regarder en haut et il lui semble que le sommet touche les nuages.

— Héloïse, tu veux monter par l'escalier ou prendre l'ascenseur ?

La jeune fille préfère les escaliers, mais elle soupçonne que Paul meurt d'envie de prendre l'ascenseur. Ainsi le frère et la sœur se retrouvent-ils dans une sorte de cage aux côtés ouverts. L'expérience terrorise Héloïse, mais elle tâche de faire bonne figure. Très vite, elle oublie le grincement du métal et les petits sauts déstabilisants des engrenages. La magie opère et elle voit peu à peu les maisons, les bâtiments et les personnes au sol s'éloigner jusqu'à paraître minuscules. Comment la Seine peut-elle être devenue ce menu ruban aux reflets d'argent ? Et Notre-Dame ne peut être si petite ! Un brusque soubresaut, puis plus rien ne bouge. Le silence se fait. Ils sont arrivés. Avec précaution, les passagers sortent sur la passerelle du troisième étage.

— Deux cent soixante-quinze mètres, annonce le liftier qui commande l'ascenseur. Mesdames et vous aussi messieurs, soyez très prudents, car ici, le vent décoiffe !

Tout à sa contemplation de la ville, Héloïse réfléchit à la petitesse des humains face au monde qui les entoure. Elle veut graver chaque instant, chaque sensation, chaque détail dans sa mémoire. Le cœur battant, elle saisit le bras de Paul.

— Voir grand, c'est comme ça que notre père pensait, lui dit-il en regardant très loin en avant.

Sans un mot, Héloïse s'appuie plus fort sur le bras de son frère et contemple l'horizon avec lui.

Chapitre 6

Un nouveau siège social – Lille, novembre 1907

> *Je me vois entouré de la bande légère*
> *Comme un oiseau pareil aux oiseaux de satin.*
>
> — Héloïse C.

Éloi, le parrain d'Héloïse, a été désigné pour la chaperonner jusqu'à Lille où elle doit retrouver Jean. Celui-ci y fait des achats pour décorer le nouvel emplacement commercial que la famille prévoit ouvrir rue Esquermoise. Les voici à leur destination, place de la République, en face de la Préfecture. Ces derniers temps, Héloïse a remarqué qu'Éloi saisit toutes les occasions pour venir à Lille, où il finit par s'éclipser jusqu'au moment du retour à Tourcoing. Aussi, tout en marchant jusqu'à l'imposant bâtiment du Palais des Beaux-Arts, la jeune femme le questionne :

— Pourquoi es-tu si élégant ce matin ? Je pensais que tu allais faire la tournée de nos concurrents en pianos…

— Héloïse, ne va pas te mettre des idées fausses en tête. Même si je suis un inventeur un peu marginal, je sais que, parfois, l'apparence compte.

— Alors, dis-moi… qui vas-tu rencontrer ?

— Nous sommes arrivés, répond Éloi pour détourner la conversation. Tiens, je sonne pour toi. Jean doit déjà être là avec le sculpteur Eugène Narcisse. Moi, je dois y aller. À ce soir, Héloïse, dit-il en filant.

La jeune femme, curieuse, pense qu'Éloi, sur son trente-et-un, lui cache quelque chose. Elle n'a pas le temps d'y réfléchir davantage puisque le lourd portail s'ouvre déjà sur un homme d'un certain âge, portant un grand tablier couvert de taches de peinture.

— Bienvenue, mademoiselle Coulmiers, je suis Jean-Joseph Weerts, artiste peintre. Votre frère m'a prévenu de votre arrivée et m'a demandé de vous conduire à l'atelier d'Eugène, au sous-sol. Vous avez de la chance, car nous allons traverser plusieurs salles où mes élèves travaillent.

Héloïse marche derrière l'artiste, observant tout ce qui l'entoure. Elle est intimidée alors qu'ils longent les couloirs et que son esprit se met à vagabonder. *Je suis tellement contente d'être à Lille ; après mon retour de Paris, Tourcoing m'a tout à coup semblé minuscule et j'ai soif de découvrir de nouveaux horizons.*

Le succès de la visite à Æolian a enthousiasmé Paul, Éloi et Léon quant aux possibilités offertes par Lille. Cette ville d'histoire les a beaucoup impressionnés, et son potentiel pour le commerce et l'industrie est reconnu depuis longtemps. Héloïse a appris que Lille est l'ancienne capitale des Flandres annexée à la France par Louis XIV en 1667. Ce dernier protégea sa nouvelle prise en se dotant en 1674 d'une citadelle, chef-d'œuvre du talent architectural militaire de Vauban.

Héloïse est venue plusieurs fois à Lille, mais n'a encore rien vu. Ce Palais des Beaux-Arts par exemple, elle n'aurait jamais soupçonné une telle ampleur dans les voûtes et les larges fenêtres en ogives. Elle est fascinée.

Son guide lui dit qu'en plus d'abriter divers ateliers d'artistes, c'est l'un des premiers musées français avec des collections de peintures européennes, un cabinet des dessins, un département des Antiquités, du Moyen Âge et de la Renaissance, des céramiques des XVIIᵉ et XVIIIᵉ siècles, des sculptures françaises et des plans-reliefs du XVIIIᵉ siècle. Soudain, elle aperçoit des modèles nus en train de poser sur une sorte d'estrade baignée par un rai de lumière jaillissant d'un œil-de-bœuf haut placé. Elle en a le souffle coupé. Ces jeunes gens et jeunes filles si beaux sont vraiment… la grâce pure… Héloïse, qui jamais auparavant n'a été exposée à la nudité, finit tout de même par détourner la tête. La première pensée qui lui vient à l'esprit est pour Jean. *Lui si pur, si idéaliste, a-t-il vu ce que je viens de voir?*

* * *

— Héloïse, comme je suis content de te voir! s'exclame Jean. Tu arrives juste à temps pour nous aider à choisir les moulures qui décoreront la salle de concert du nouvel espace commercial.

Pour ne plus penser aux corps nus, la jeune femme se concentre sur cette décision pour laquelle on la consulte enfin. Et puis, elle aime travailler avec Jean qui a été choisi pour ce projet étant donné son sens artistique. La nouvelle salle de concert sera de style Louis XVI pour aller avec le style de la belle demeure patrimoniale de la rue Esquermoise que les frères ont choisie pour sa proximité avec la Grand Place. La Grand Place est le cœur de Lille, avec ses monuments aux frontons de style flamand et la haute colonne de la déesse érigée en 1845 pour commémorer la fin du siège de Lille par les Autrichiens en 1792.

Jean examine toutes les possibilités avec le sculpteur. Héloïse ne se lasse pas de les écouter discuter.

Au bout d'un moment, différentes moulures sont retenues par les deux hommes et Héloïse exprime sans hésiter sa préférence pour les plus sobres d'entre elles. Son frère sourit devant une telle assurance et les derniers détails de l'affaire sont précisés. Jean et Héloïse doivent ensuite se rendre au vingt-quatre, rue Esquermoise pour surveiller l'avancement des travaux. Monsieur Narcisse les fait passer par une porte au fond de la pièce qui débouche directement sur un escalier étroit menant à l'avenue de la République.

Dehors, Héloïse questionne Jean :

— Comment se fait-il que des jeunes gens et jeunes filles acceptent de poser nus ? Les as-tu vus ? N'est-ce pas contraire à la moralité et à tout ce que nous a appris la religion ?

— Weerts est un grand peintre, mais vraiment excentrique… Il aurait dû soustraire cette salle de classe à tes chastes yeux !

— Oh ! dit-elle en mettant sa main sur sa bouche, tu as donc vu ces créatures ?

— Oui, chère petite sœur. Tu vis dans un cocon feutré, mais le monde est vaste. Et n'oublie pas que nous sommes privilégiés. Ces jeunes-là ont peut-être besoin d'argent ou espèrent peut-être se retrouver un jour sur un tableau de maître.

Héloïse réfléchit et se dit qu'elle a bien de la chance d'être née dans une famille qui pourvoit à ses besoins. Tout de même, elle regarde Jean d'un autre œil : quelle sorte d'individus fréquente-t-il à Lille ? Va-t-il dans les cabarets où, dit-on, les jeunes gens se fichent des apparences et des bonnes manières ? Boit-il et courtise-t-il les filles sans retenue ? La voyant préoccupée et lisant sans doute dans ses pensées, Jean lui propose :

— Allons au conservatoire, sur la place du Concert, où j'apprends le chant. Tu verras que c'est un endroit très respectable.

Héloïse est ravie, elle a toujours voulu voir ce sanctuaire de la musique qui est aussi l'endroit où Jean passe le plus clair de son temps. Elle bat des mains en signe de joie et emboîte le pas à son frère.

L'air est vif et il ne pleut pas. Après un long parcours sur de grandes avenues bordées d'arbres, le frère et la sœur passent devant l'hospice Comtesse en bordure de l'ancien lit de la Basse-Deûle et du port. L'hospice Comtesse reste l'un des derniers témoignages de l'action des comtes de Flandre au XIIIe siècle, lui explique Jean. C'est un ancien hôpital fondé en 1237 par la comtesse Jeanne de Flandre dans l'enceinte de son propre palais. Puis, par de petites rues aux pavés inégaux, ils débouchent sur la place du Concert, de petite proportion et entourée de platanes. Enfin, ils frappent au portail de bois ouvragé du conservatoire.

À l'intérieur, Jean se sent à l'aise et salue tout un chacun. Au bout d'un moment, Héloïse et lui-même arrivent dans la salle de musique au premier étage.

— Jean, mon ami, qui est cette charmante jeune personne qui t'accompagne ?

Héloïse rougit et baisse la tête.

— C'est ma sœur Héloïse qui joue du piano et voudrait être poète.

— À la bonne heure ! Mademoiselle, je suis Henri Dufebvre, l'ami de votre frère. Vous avez un très joli sourire.

— Voyons, Henri, ma sœur est très timide. Tu vas l'embarrasser avec tes compliments, lance Jean avec un grand rire.

Et les voilà qui se mettent à parler musique, événements artistiques et même politique. Henri est grand, distingué, élégant. Il ressemble à Jean, mais son visage régulier est énergique et il semble très sûr de lui. Les deux jeunes hommes se comprennent et sont de toute évidence très à l'aise ensemble, au point où Héloïse se sent de trop. *Si j'étais un homme, comme Jean, j'échapperais au monde feutré de la maison. Je pourrais vivre librement !* Elle aimerait tant apprivoiser ce milieu artistique dans lequel les jeunes paraissent si épanouis. *Chanter, peindre, écrire... quelle belle façon de vivre !*

Héloïse n'entend pas la porte s'ouvrir sur un autre jeune homme qui entre dans la pièce. Le nouveau venu est corpulent et de bonne taille. Il a l'œil vif avec la joie de vivre inscrite sur son visage. Héloïse ne le voit pas, car elle n'a d'yeux et d'oreilles que pour Jean qui a entamé un air d'opéra. À la voix de son frère s'ajoute bientôt celle d'Henri et enfin celle de l'inconnu qui vient d'arriver. Pendant une seconde, la jeune fille ferme les yeux, se croyant transportée en paradis.

Héloïse ne bouge plus, sous le charme des trois jeunes hommes dont les voix se mêlent et se répondent en parfaite harmonie. La voix de ténor de Jean l'envoûte et elle le regarde intensément en espérant que ce moment ne s'arrête pas. Quel accord! Évidemment, elle a déjà entendu Jean répéter à la maison, mais aujourd'hui, c'est bien différent. Il lui semble que, soudainement, elle se met à exister et n'est plus une petite fille ignorante. Elle se fond à ce grand moment de musique impromptu. Les trois interprètes chantent et leurs gestes sont amples. Ils se déplacent dans la pièce, se donnent la réplique. Quand la dernière note est lancée, ils restent en silence pour préserver la magie de cet instant.

— Bravo, bravo, c'est magnifique! s'exclame Héloïse en applaudissant avec enthousiasme.

— Content que ça te plaise. Voici Paul Duman, il fait partie de notre trio, dit Jean en désignant l'étranger dans la pièce.

La jeune femme salue Paul en inclinant la tête. Jean consulte sa montre. Il faut déjà prendre congé, car le frère et la sœur ont encore du travail à faire.

Ils se dirigent vers la rue Esquermoise et pénètrent au numéro vingt-quatre où le chantier bourdonne comme une ruche. Les peintres, menuisiers, plombiers et électriciens s'interpellent et s'activent. Le rez-de-chaussée a été aménagé pour recevoir les clients et exposer certains pianolas, mais la plupart seront au deuxième étage dans la salle de démonstration. Les cloisons du premier étage ont toutes été abattues pour s'ouvrir sur une seule grande pièce : la salle de concert. C'est là qu'iront les moulures de style Louis XVI qui viennent d'être commandées. Le troisième étage sera réservé aux bureaux. Il y aura celui de Paul, alors qu'Éloi et Léon partageront un second local. Pour Jean et Héloïse, rien n'a été prévu.

— Jean, aimerais-tu travailler avec tes frères ici ? demande la jeune femme.

Jean paraît surpris de la question et ne répond pas tout de suite.

— Je vais bientôt passer le concours du conservatoire et j'y consacre toutes mes énergies, finit-il par répondre.

Héloïse, qui aurait pu prédire cette réponse, n'insiste pas. Jean parle aux employés, apporte des commentaires et des modifications aux plans. Lui, un si grand artiste, se montre étonnamment efficace dans son rôle de maître d'œuvre. *Il est si polyvalent. Dommage qu'il n'en soit pas conscient,* pense Héloïse.

Enfin, les jeunes Coulmiers sont prêts à partir. Ils doivent d'abord marcher jusqu'à la gare et ensuite se rendre à Tourcoing. Jean propose de passer par la terrasse Sainte-Catherine et, malgré sa fatigue, Héloïse accepte. Ce soir, le ciel est bleu et rose, en demi-teintes. Le quartier est très pauvre et des enfants en haillons se poursuivent en criant. Un homme à la mine patibulaire se détache d'une porte cochère. Héloïse n'est pas rassurée. *Pourquoi diable Jean m'emmène-t-il dans un endroit pareil ?* Puis, comme par miracle, au détour d'une ruelle surgit l'église. La jeune femme est muette d'admiration. À toute vitesse, son esprit compose ces vers :

> En toile de fond, près des toits anciens,
> Ainsi qu'une aïeule à la mante grise
> Parmi les pignons sommeille l'église
> Au milieu des siens.

Elle partage son émotion avec Jean et ensemble ils formulent le reste :

> Arrêtons ici notre pas lassé,
> Qu'importe plus loin les bruits de la ville !
> N'effarouchons point dans ce coin tranquille,
> Le cœur du passé.

Chapitre 7

L'inauguration – Lille, février 1908

L'orchestre de la nuit s'accorde dans l'espace,
Mélange de parfums sous la brise qui passe,
Échos, soupirs, frissons de la chute du jour,
Nouvel adagio de l'éternel amour.

— Héloïse C.

Dix-neuf heures trente, il pleuvine et cela ne facilite pas la circulation. Les voitures attelées à des chevaux racés se pressent devant le vingt-quatre, rue Esquermoise. Que de beaux équipages ! On rivalise d'élégance et les fourrures sont nombreuses. Paul, très à l'aise, très élégant dans un habit noir avec un gilet blanc, se trouve à l'entrée sur le perron. Il accueille les visiteurs avec l'assurance d'un homme qui a réussi. Il les connaît tous par leur nom et dit un petit mot à chacun. Il y a là monsieur Léon Delguay, le directeur d'Æolian Bruxelles, et son épouse. Puis monsieur Charles Dupont, le directeur d'Æolian Paris.

Héloïse et sa sœur Anna sont aussi très élégantes avec de longues robes ajustées à manches gigot et garnies de jabot de dentelle. Elles sont gantées de blanc. Elles tendent des programmes du concert inaugural du nouvel établissement de Lille à tous les visiteurs.

Il est près de vingt heures et le brouhaha est intense. L'orchestre émet des accords qui se répondent. Il règne une atmosphère quelque peu survoltée et Héloïse regarde toujours vers l'entrée dans l'espoir de voir des visages connus. Tout en restant aux aguets, elle repense à l'attention que lui avaient donnée les amis de son frère. Elle pense surtout à Henri : il lui a dit qu'elle avait un beau sourire. C'est un compliment qui l'a touchée. Peut-être est-elle séduisante ? Ce jeune Canadien qui l'avait aussi remarquée, le reverra-t-elle ? Paul a dit que monsieur Gired était reparti à New York. Louis est-il avec lui ? Elle n'a pas eu le temps d'aller se renseigner au sujet du Canada. Même si ses pensées vagabondent, elle salue à gauche et à droite ; voilà le maire et son épouse suivis d'un conseiller qui semble engoncé dans un habit trop étroit.

À quelques pas de là, Jean va et vient et salue sans vraiment s'arrêter. Héloïse le sent très nerveux, car il doit chanter ce soir. Puis la jeune femme entend un toussotement derrière elle et découvre le jeune Henri Dufebvre. Il lui sourit et semble chercher Jean du regard. Héloïse et lui l'aperçoivent au fond de la salle et s'y rendent ensemble. Henri tente de rassurer son ami :

— Tu vas être merveilleux. Nous serons avec toi en pensée, ta sœur et moi.

Jean affiche un sourire un peu crispé et se dirige vers les coulisses.

Henri se met à converser avec Héloïse qui a abandonné son poste à l'accueil. Celle-ci, tout occupée à faire bonne impression à Henri, ne perçoit pas l'agitation causée par l'arrivée de monsieur Gired. Ce dernier prend place à l'avant, suivi de Louis qui, après avoir aperçu Héloïse en grande discussion avec Henri, s'assied rapidement comme s'il ne voulait pas être vu.

Le lustre clignote et on rappelle les spectateurs à l'ordre. Le brouhaha cesse peu à peu. Paul monte sur scène.

— Monseigneur, monsieur le maire, distingués invités, la Maison Coulmiers et la Maison Æolian vous souhaitent la bienvenue pour l'inauguration de notre salle Æolian de Lille. Ce soir, nous vous invitons à en apprécier l'acoustique. Pour le concert, nous avons privilégié les compositeurs contemporains tels Fauré, Gounod et Chaminade, ainsi que des auteurs romantiques du XIXᵉ siècle tels Chopin, Mendelssohn et Humel. Nous vous souhaitons un bon concert.

Les lumières s'éteignent et le silence s'installe.

* * *

La profonde voix de Jean résonne encore dans les oreilles d'Héloïse alors que le rideau se ferme et que les applaudissements fusent.

Comme dans un rêve, encore sur un nuage, Héloïse aperçoit alors Paul qui s'éloigne avec monsieur Gired. Ce n'est qu'à ce moment précis que le regard de la jeune femme croise furtivement celui de Louis, le timide jeune homme qui suit le directeur général d'Æolian. Trop tard pour rejoindre les trois hommes qui ont déjà quitté la salle. Qu'à cela ne tienne. Héloïse interrogera Paul et finira bien par en savoir plus sur le stagiaire de monsieur Gired.

Chapitre 8

Chez les Jésuites – Lille, mars 1908

Soudain dans un flot de couleurs s'embrase
la scène du monde,
Et l'on voit de nouveaux acteurs quand jaillit
la lumière blonde.

— Héloïse C.

Paul ayant eu très peu à dire sur le sujet, Héloïse ne sait rien de plus sur Louis. Elle ignore même s'il va repartir ou rester. Toutefois, elle s'est renseignée sur le Canada auprès d'un chanoine qui lui a conseillé de se rendre chez les Jésuites de Lille pour plus d'informations.

Aujourd'hui, elle prend son courage à deux mains et frappe à la porte de l'imposant collège. L'attente est longue. Un autre coup de heurtoir. Enfin, après plusieurs minutes qui lui semblent des siècles, la lourde porte s'entrouvre dans un grincement impressionnant. Un petit homme voûté en soutane noire avec plastron bordé de blanc la scrute tout en esquissant un mouvement de recul.

— Mon père, je connais l'œuvre des Jésuites en Nouvelle-France[4], je dois voir quelqu'un qui y a séjourné. C'est très important pour moi.

Le père portier la repousse comme pour refermer la porte.

— S'il vous plaît, mon père, je suis envoyée par le chanoine Desrosiers.

Une expression un peu radoucie apparaît alors sur le visage ridé de l'homme. Il la regarde de haut en bas.

— Entrez, je vais en parler au père supérieur.

Héloïse se précipite à l'intérieur. Le père portier la fait entrer dans une petite pièce ornée d'un crucifix et d'une statue du Sacré-Cœur. Pas de chaise. Elle attend. Le père portier revient.

— J'ai l'autorisation de vous présenter le père Gagnon. Mais attention, il est très vieux, fragile et un peu dur d'oreille.

Héloïse suit le père portier, gênée par le pas trop lent de ce dernier. Que de couloirs et d'escaliers! Va-t-on enfin arriver? Soudain, le père s'efface tout en ouvrant une petite porte basse. Une forte odeur d'essence de pin teinté de naphtaline saisit les narines de la jeune femme. Dans la pièce règne une sorte de clair-obscur auquel elle tente de s'accoutumer. D'abord, elle ne voit rien. Puis apparaît un vieil homme au port altier, avec une barbe et des cheveux blancs, des yeux perçants sous des sourcils broussailleux. Il se tient comme un roi devant une immense carte un peu jaunie accrochée sur le mur.

— Entrez, entrez, mon enfant, je suis le père Gagnon. Que voulez-vous savoir?

---

4. La Nouvelle-France était une colonie et plus précisément une vice-royauté du Royaume de France, située en Amérique du Nord et ayant existé de 1534 à 1763. Elle faisait partie du premier empire colonial français et sa capitale était Québec.

Héloïse est soudain intimidée et ne sait plus par où commencer. Cependant, les yeux bleus qui la fixent lui donnent confiance et courage. Elle se lance et hausse le ton.

— J'ai rencontré un jeune homme qui travaille à Paris pour le compte de la compagnie Æolian. Il s'appelle Louis Cherrier et vient de Montréal. Il accompagne son oncle à Paris. Son oncle habite New York. J'aimerais en savoir plus sur le Canada et les Cherrier.

Le père Gagnon sourit avec amusement.

— Je ne suis pas sourd comme le pensent mes confrères. Asseyez-vous et causons. Pour commencer : oui, il y a de la neige au Canada, et oui, il y a des ours.

Héloïse aperçoit soudain la tête d'un ours au sol et esquisse un mouvement de recul.

— Ne craignez rien, approchez-vous, cet ours était déjà mort avant votre naissance. J'espère que l'odeur ne vous incommode pas. J'ai été obligé de traiter cette peau pour la conserver. Eh bien, non, ce n'est pas moi qui ai tué cet animal. J'ai habité principalement à Montréal et les ours ne se promènent pas dans les villes, seulement dans les forêts !

Héloïse se sent tout de suite en confiance. Mille questions lui viennent, mais elle écoute le père intarissable lui décrire la beauté de la nature dès que l'on quitte la ville, l'immensité des paysages et du fleuve Saint-Laurent, la rigueur du climat l'hiver, la chaleur l'été…

Au bout de quelque temps, n'y tenant plus, elle l'interrompt :

— Avez-vous connu la famille Cherrier ?

— Oui, j'ai bien connu la famille Cherrier, elle était très liée à Mgr Favre, l'évêque du diocèse de Montréal. Nous, les Jésuites, avions souvent affaire avec l'évêque qui nous dictait nos assignations. C'est que nous n'avions pas vraiment la liberté promise avant notre départ. Imaginez-vous qu'en 1898…

Héloïse essaie de ne pas montrer de signes d'impatience, reste que les démêlés des Jésuites avec le pouvoir ecclésiastique local ne l'intéressent pas vraiment.

Elle écoute et se permet d'interrompre de nouveau le récit.

— Comment se fait-il que Louis Cherrier vive chez un oncle à New York?

— Au Canada, il est fréquent qu'un enfant soit recueilli par un parent plus fortuné pour lui permettre d'explorer d'autres horizons. Mais je ne connais pas l'histoire de Louis en détail. Toutefois, je connais votre famille et une de mes petites-nièces qui est par ailleurs très délurée me dit être amoureuse d'un de vos frères, un inventeur.

Héloïse n'en croit pas ses oreilles. Même reclus dans son couvent, ce père Gagnon en sait plus qu'elle sur un de ses frères! Ainsi, son instinct ne l'avait pas trompée. Éloi leur cache quelque chose. La jeune femme essaie de rediriger la conversation vers les Cherrier, mais peine perdue. Le père Gagnon continue à lui vanter les mérites des grands espaces et elle doit se forcer à écouter. Reste qu'au bout d'un moment, elle se surprend à rêver de cette nature sauvage qu'elle a bien du mal à imaginer.

En quittant le collège, Héloïse se promet de parler d'Éloi à Jean. Elle est troublée, car elle ne peut imaginer ses frères autrement qu'en famille, ou au travail. Et pourtant, il y a forcément autre chose dans la vie. Les amours? Les religieuses qui l'ont éduquée n'ont pas été très éloquentes à ce sujet. Et que veut dire «délurée»? Autant de questions sans réponses. Et Louis? Ainsi, il n'est pas fortuné et a tenté sa chance ailleurs? Là aussi, il faudra qu'elle en sache plus.

Chapitre 9

Chez le notaire – Saint-Michel, juillet 1908

Demain? Demain, vois-tu, ce n'est qu'un beau mirage,
un voile qu'on soulève avec les doigts tremblants.
C'est un nouveau décor et d'autres figurants,
c'est l'arrêt coutumier de ton pèlerinage.

— Héloïse C.

Six mois ont passé depuis l'inauguration de la salle Æolian à Lille. Monsieur Gired est reparti et Louis est resté chez Æolian, dans leur bureau de Paris. Il paraît qu'il aide à l'administration courante des approvisionnements et des clients. Héloïse en a parfois des nouvelles par ses frères, mais n'ose pas insister. Éloi continue à s'absenter de temps en temps et Jean a conseillé à Héloïse de ne pas s'en mêler. Les ventes augmentent et la jeune femme passe de plus en plus de temps dans le grand salon des pianos où elle rend de menus services et observe son frère Léon interagir avec des clients.

Aujourd'hui, après une longue route en voiture louée pour la circonstance, les Coulmiers sont tous arrivés chez le notaire pour signer des documents officiels concernant la Maison Coulmiers.

Le bureau est situé à l'arrière de la grande maison du notaire, au milieu d'un parc ombragé aux plates-bandes bien entretenues. Paul, Léon et Éloi sont assis sur le grand canapé de cuir dans la salle d'attente de Me Jules Potencier, un ami de longue date de la famille, à Saint-Michel dans l'Aisne. L'air digne et serein, ils devisent à voix basse. En face, Jean est près d'Héloïse sur des chaises, alors qu'Anna est à côté de leur mère sur une causeuse. Les filles ne disent rien. Il faut dire que les deux sœurs ne sont pas très familières avec la démarche entreprise aujourd'hui : la constitution de la société en nom collectif dont tous les enfants Coulmiers et leur mère seront actionnaires.

La porte voisine du bureau de Me Potencier s'ouvre. Sa secrétaire, une femme d'un certain âge, à la silhouette vive et autoritaire, annonce que Me Potencier va être un peu en retard et les remercie de patienter encore.

Soupir d'irritation chez Paul qui se passe la main dans les cheveux pour se donner une contenance. Héloïse remarque la pâleur de Jean.

— Maman, puis-je sortir quelques minutes avec Jean pour prendre l'air ?

— Bien sûr, mais revenez vite.

Héloïse entraîne Jean dans le parc attenant au bureau du notaire. Ils marchent côte à côte. Jean ne dit mot. En fait, il a l'air malheureux depuis qu'il a reçu, il y a deux semaines, le premier prix du conservatoire de Lille. Or, il aurait dû sauter de joie. Héloïse veut comprendre.

— Jean, on dirait que ça ne te fait pas plaisir, cette démarche de constitution de la société ?

— Ne vois-tu pas que je suis en train de m'enchaîner à mes frères ?

— Que veux-tu dire ?

— Héloïse, j'ai deux choix : poursuivre ma carrière de chanteur et laisser Paul, Éloi et Léon responsables de renflouer la société malgré leur récent échec avec les sous-marins, ou joindre mes efforts aux leurs pour saisir la chance offerte par Æolian de les représenter en exclusivité en France et dans le reste de l'Europe.

— Ce n'est pas si terrible. Tu peux faire ça un temps et reprendre le chant après.

— Non, c'est tout ou rien. Et si je m'efface, les autres n'en feront qu'à leur tête sans se soucier de toi, d'Anna et de maman.

Héloïse se rend compte que Jean est en train de se sacrifier. Des sentiments contradictoires s'emparent d'elle. Faut-il enjoindre à Jean de poursuivre ses rêves tout en musique ou faut-il, au contraire, accepter son sacrifice? Sans Jean pour lui prêter l'oreille, supporterait-elle d'être complètement écartée des affaires de la famille?

— C'est injuste. Tu dois suivre ta propre voie. Pense à toi.

Jean la regarde intensément

— Ce n'est rien, petite sœur. Ça me comble de faire ça pour toi, maman et Anna. Ça me soulage aussi de t'en avoir parlé. La brique que j'ai sur le cœur s'allège un peu. Allons rejoindre les autres.

Dans la salle d'attente, le temps s'écoule lentement. Enfin, Mᵉ Potencier apparaît. C'est un homme affable, les cheveux grisonnants et rares avec un sourire engageant sur une figure ronde. Il inspire la confiance:

— Mes chers amis, je vous félicite, votre décision de représenter la Maison Æolian comme activité principale de votre société Coulmiers Frères est très judicieuse.

— Oui, interrompt Paul, la Maison Æolian est connue mondialement et produit aux États-Unis autant que tous les facteurs de pianos français réunis.

— Vous prenez un très bon tournant et bravo d'inclure toute votre famille, conclut Mᵉ Potencier d'une voix chaleureuse.

Un pâle sourire apparaît sur le visage de Jean alors qu'il échange un regard avec sa sœur. Dans le bureau, ce sont la lecture des papiers, les signatures d'usage. Héloïse est déchirée, mais mesure pleinement sa chance. Elle se promet de se montrer digne du sacrifice de son frère et de faire encore plus pour l'entreprise.

Chapitre 10

Les fiançailles de Léon – Mouvaux, août 1908

Deux cœurs sont enclos avec leur promesse
Dans le fil ténu de ce cercle d'or.
Rien ne brisera ce lien de tendresse
Pas même la mort!

— Héloïse C.

Un mois a passé depuis la signature de la constitution de la société et les activités commerciales continuent de croître à la grande satisfaction de Marie-Augustine. Comme chaque année, cette dernière s'est installée pour l'été à Mouvaux, à quelques kilomètres de Tourcoing. Ce cadre champêtre permet à sa famille de se ressourcer à la belle saison tout en continuant de travailler.

En ce dimanche après-midi, suite à une courte averse, le soleil s'est remis à briller, exhalant les parfums d'herbe mouillée et de fleurs. À cette période de l'année, la floraison du jardin est à son apogée et sert de cadre à la maison pleine de charme avec sa couverture de glycines blanches.

Madame Debouvines et sa fille Marthe sont des habituées de ce paradis champêtre. Exceptionnellement, monsieur

Debouvines les rejoindra plus tard pour le dîner. Héloïse se doute de la raison de cette présence. Depuis peu, Marthe et Léon se tiennent par la taille et se parlent tout bas avec des airs tendres. *Un grand événement se prépare,* songe la jeune femme.

Marie-Augustine et madame Debouvines discutent sous un tilleul autour d'une tasse de thé. Léon, qui tient la main de Marthe, échange avec Paul et Éloi sur les progrès des ventes. Seuls Anna et Jean manquent à l'appel. La première *est retenue chez une amie et l'autre est à Lille.* Marthe lâche la main de Léon et saisit le bras d'Héloïse pour l'entraîner dans le parc.

— Héloïse, que connais-tu de l'amour ?

— Tout et rien, chère amie, je suis trop occupée pour cela.

— Tu ne sais pas ce que tu manques. N'as-tu pas remarqué comment Léon me regarde ?

Bien sûr qu'elle a remarqué et cela lui fait un pincement au cœur.

— Léon est-il vraiment amoureux de toi ?

— Mais oui, nous allons annoncer officiellement nos fiançailles ce soir. Je vais devenir ta presque sœur ! lance Marthe en se mettant à courir dans le parc et en invitant Héloïse à la rejoindre.

Même si elle avait déjà tout deviné, Héloïse pâlit. Évidemment, elle est très contente pour Marthe et son frère, mais elle ne peut s'empêcher de penser que ce mariage va entraîner des bouleversements dans l'ordre familial. Une fois marié, son frère va-t-il déménager ? Va-t-il continuer à travailler pour l'entreprise ? La jeune femme pince sa jupe et rattrape son amie.

— Sais-tu que Léon a recommandé à Paul un camarade de sa classe qui a la réputation de trouver l'âme sœur pour les jeunes gens en quête d'épouse ? poursuit Marthe.

Héloïse ne répond pas, elle n'en revient pas. Elle ne peut imaginer Paul avec une femme. Il lui semble bien trop absorbé par les affaires de la Maison Coulmiers Frères.

— Voyons, c'est dans l'ordre des choses, ajoute Marthe devant l'air surpris d'Héloïse. Je peux même te dire qu'Éloi a confié à Léon qu'il voyait quelqu'un.

— Il n'en a jamais parlé, réplique Héloïse boudeuse.

Elles continuent leur promenade. Héloïse est plongée dans ses pensées. Trouvera-t-elle un homme avec lequel partager sa vie ? Elle aime être l'objet d'attention, même si elle est timide. Quand elle se regarde dans la glace, elle voit son visage ovale, ses cheveux blonds et une silhouette élancée. Est-ce suffisant pour plaire aux hommes, ou faut-il plus ? Et de quelle nature est donc ce plus ? On lui a dit si peu de choses sur les hommes et les femmes. Pour Marthe, tout est plus facile : elle évolue de façon gracieuse parmi les hommes et n'est pas intimidée lorsqu'ils lui font des compliments. Ah ! Si elle avait la facilité de Marthe ou d'Anna, tout serait sans doute plus simple. Pourquoi rougit-elle et perd-elle la parole quand Henri Dufebvre lui fait des compliments ? À l'inverse, pourquoi ne regarde-t-elle même pas ce Louis qui semble la dévorer des yeux ? Tout est si compliqué ! Depuis qu'elle est actionnaire, elle voudrait aussi que Paul la remarque et lui fasse des compliments pour le travail qu'elle accomplit dans l'ombre, car c'est elle qui s'efforce de maintenir l'harmonie entre ses frères en les appuyant auprès de leur mère. Mais il semble que tout cela passe inaperçu.

— Tu es bien songeuse, la taquine Marthe. N'es-tu pas heureuse pour moi ?

— Bien sûr, s'empresse de répondre Héloïse, mais tout ceci est si nouveau.

Un appel les interrompt :

— Marthe, Héloïse, le dîner est servi !

Anna et Jean se sont joints au groupe. La table a été dressée dans le jardin avec un soin particulier. La nappe blanche brodée ton sur ton des grands jours a été sortie ainsi que la délicate porcelaine du service de mariage des Coulmiers, les couverts en argent et les verres en cristal de Bohême. Sous les reflets du soleil couchant, tout cela est du plus bel effet. Au moment de s'asseoir, monsieur Debouvines, de taille moyenne, la figure vive et aimable, avec son assurance de notable dans la fonction publique, prend le bras de Marie-Augustine. Il la dirige à la droite de Paul qui représente le chef de famille. Il se place à sa gauche. La place d'honneur est réservée aujourd'hui à Léon avec Marthe à sa gauche. Héloïse sent son cœur battre et se rend compte que ce dîner conclut une étape de leur vie de famille et qu'il va en ouvrir un autre chapitre.

Paul prend la parole avec ce qui semble de l'émotion, mais Héloïse qui le connaît bien y discerne une pointe de jalousie.

— Nous avons le grand bonheur d'accueillir Marthe dans notre famille. Léon et Marthe se marieront à Rouen, dans trois mois, le 14 novembre. Levons nos verres!

On s'exclame, on s'embrasse et monsieur et madame Debouvines, très contents de cette union, félicitent chaleureusement les futurs mariés.

Chapitre 11

La veille du mariage – Rouen, novembre 1908

Demain? Mais, on reprend la suite du voyage,
nuit de plus et réveil au grand hôtel du temps où
nous sommes toujours inscrits chez les partants et
restons étrangers avec notre bagage.

— Héloïse C.

Le trajet en train a été éprouvant : il a fallu changer de gare et en ce mois de novembre, la pluie fine et pénétrante n'a pas facilité les choses. À l'arrivée à Rouen, il faisait noir et ils n'ont rien vu.

Installés à l'auberge recommandée par les Debouvines, tout le monde se retrouve au petit déjeuner. Ce matin, en cette veille du grand jour, le ciel est radieux et un froid vif, mais supportable, incite à la promenade.

Jean, Henri Dufebvre et Paul Duman ont déjà répété pour la messe du lendemain et décident d'aller découvrir la ville. Anna et sa mère veulent musarder chez un chapelier de la rue du Gros-Horloge dont on leur a vanté les mérites, puis elles iront chez le coiffeur. Héloïse, qui a déjà planifié robe et chapeau, trouve ces occupations futiles. Elle attire l'attention de Jean :

— Puis-je me joindre à vous ?

— Bien sûr, mais nous allons discuter musique, est-ce que cela te dérange ?

— Pas du tout, j'aime aussi vous écouter.

Ils sortent tous les quatre. Héloïse tâche de ne pas prendre trop de place pour ne pas les déranger. Très vite, ils oublient sa présence et elle peut tout à loisir s'émerveiller de la vieille architecture qui les entoure ; les maisons à colombages le long des ruelles la transportent dans un autre monde. Puis, tout à coup, au détour d'une ruelle, la cathédrale Notre-Dame. Qu'elle est magnifique dans cette lumière du matin qui la rend plus mystérieuse et plus majestueuse à la fois ! Jean est le premier à rompre leur contemplation.

— Henri, regarde la flèche : elle fait plus de cent cinquante mètres et elle a été très longtemps le plus haut monument de France, avant la construction de la tour Eiffel !

— Elle a été construite en fonte moulée dans le plus pur style gothique après l'incendie de 1822, renchérit Paul Duman.

— Regardez ces sculptures de pierre, que de détails, réplique Henri.

— Peut-on entrer ? demande Héloïse.

À l'intérieur, les hautes parois sont éclairées par la lumière colorée qui émane des vitraux ; l'ambiance est au recueillement et à la contemplation. Ils marchent silencieusement dans le transept, la tête en l'air, pour tout admirer et ne rien manquer.

Soudain, un toussotement fait sortir Héloïse de son émerveillement. Elle se retourne et aperçoit Louis, le neveu de monsieur Gired, qui lui aussi admire la beauté des lieux. Il lui semble qu'il n'est plus aussi gauche et dégingandé et qu'il a pris de l'assurance.

— Bonjour, mademoiselle Héloïse, je vois que vous êtes accompagnée, mais peut-on faire quelques pas ensemble ?

Héloïse quête du regard l'approbation de Jean qui opine du bonnet.

Ils restent un peu en arrière.

— Mademoiselle, avez-vous pu vous renseigner un peu sur le Canada ?

— Oui, j'ai rencontré l'abbé Gagnon et il m'a dit que vos contrées étaient très belles, mais très rudes.

— C'est vrai, mais j'ai grandi à Montréal, ce n'est pas la forêt ! Mon grand-père était libraire et j'ai hérité du goût des livres. Savez-vous que Corneille, Fontenelle et Flaubert sont nés à Rouen ?

— J'ai appris des extraits du *Cid*, mais je ne connais pas Fontenelle et je pense que monsieur Flaubert est à l'Index.

Louis se met à rire et Héloïse aime cette spontanéité.

Il commence à expliquer *Madame Bovary*, mais Jean et ses compagnons l'interrompent.

— Monsieur Cherrier, nous allons rentrer, nous vous verrons demain.

Sur le chemin du retour, Henri, qui a remarqué la cour discrète de Louis, se rapproche d'Héloïse et lui décrit le carillon de Notre-Dame.

Chapitre 12

Le mariage – Rouen, novembre 1908

De frais carillons aux notes légères chantent vers le
ciel l'amour triomphant, car, la jeune fille en sa robe
blanche au pied de l'autel est grave à genoux.
D'un geste attendri, l'être élu se penche et glisse
à son doigt l'anneau de l'époux.

— Héloïse C.

Héloïse a apporté un soin particulier à sa toilette. Normalement, elle n'y prête que peu d'attention, car elle préfère lire. Tout comme Louis d'ailleurs. Enfin, la jeune femme en sait un peu plus sur le jeune Canadien élevé à Montréal et fils de libraire. Héloïse se demande où se trouve Louis en ce moment, tout en sachant qu'elle le verra à l'église puisqu'il compte parmi les invités.

Aujourd'hui est un jour spécial pour Marthe et Léon, et Héloïse doit être très élégante. Elle portera un chapeau à aigrette bleu soutenu, assorti à son long manteau ajusté. Sa robe est en soie de couleur bleu soutenu aussi, cintrée à la taille avec une jupe très ample. Alors qu'elle contemple son reflet dans le miroir, la jeune femme esquisse un pas de danse et fait virevolter ses jupons. Elle se trouve très belle et se sent à l'unisson avec le bonheur de Marthe. Elle s'imagine au bras d'un chevalier servant portant un masque de carnaval et la faisant tourner à l'infini sur une surface aussi brillante que celle des pianos à queue...

* * *

Héloïse se trouve à l'entrée de la cathédrale. Elle fait patienter les petits enfants d'honneur qui précéderont les mariés, trois garçons et trois filles : des petits-cousins venant des deux familles. Elle attend Marthe qui doit arriver avec son père. Il n'y a pas de bruit dans la cathédrale, juste des murmures et quelques toussotements. Tous les invités sont déjà installés des deux côtés de la nef : la famille Coulmiers et leurs amis sur la droite, la famille Debouvines et leurs amis sur la gauche. Le côté Debouvines est plus imposant : ils sont chez eux. Tous les Coulmiers ont dû se déplacer. Jean, Henri et Paul sont dans la nef pour interpréter les pièces musicales.

Monsieur et madame Gired ainsi que Louis sont à l'arrière de l'église.

Léon arrive avec sa mère et le grand orgue entame la toccata de Bach. C'est le signal pour que s'avance le cortège. Léon, qui ne doit pas voir sa fiancée, avance sans se retourner. Il est suivi de madame Debouvines au bras de Paul.

Face à tant de solennité sous la voûte où la musique résonne et se répercute le long des transepts, Héloïse, toujours au fond de l'église, sent des larmes lui monter aux yeux. Elle est si fière que sa famille réunie soit prête à célébrer la première union chez ses frères.

Soudain, la jeune femme perçoit un bruissement d'étoffe derrière elle : Marthe arrive au bras de son père. Son voile de tulle recouvre son joli visage pâle et grave auréolé de lourdes boucles brunes. Il semble qu'un océan de soie blanche entoure sa frêle silhouette, mais la mariée dégage aussi force et assurance.

Les mamans guident les bambins qui précéderont Marthe et les exhortent à marcher deux par deux. Le cortège s'ébranle à partir du fond de la cathédrale. Marthe se retourne et échange un sourire avec Héloïse.

— Sois heureuse, murmure Héloïse alors qu'elle guide la traîne quand Marthe se met en marche.

Pour Héloïse, la cérémonie se déroule comme dans un rêve : l'homélie encourageant les futurs mariés à avoir de nombreux enfants, l'échange des consentements et des anneaux, les chants magnifiques du trio dirigé par son frère. Il lui semble que son âme s'élève dans ce lieu propre au recueillement. Se trouvera-t-elle un jour au pied de l'autel ? Si oui, devra-t-elle abandonner l'idée de travailler avec ses frères ? Que de questions sans réponses !

Les cloches sonnent à toute volée, une pluie fine tombe, mais les mariés au bras l'un de l'autre ont pris leur temps pour descendre de la nef en distribuant sourires à droite et à gauche. Une armée de volontaires les attend avec de larges parapluies noirs pour les protéger et les mener jusqu'à la rutilante voiture Ford capotée pour l'occasion.

Le repas, les discours, la musique et les pas de danse, tout s'enchaîne très rapidement.

Héloïse voit Henri courtiser une jolie jeune fille, cousine de Marthe. Elle sent un pincement de jalousie, mais très courtois, Henri vient la faire danser. Héloïse se sent un peu gauche, car elle doit regarder ses pieds pour ne pas faire de faux pas. Louis ne l'invite pas. Il se contente de venir la saluer et se trouve accaparé par une connaissance des Gired. Héloïse est un peu déçue, mais se dit qu'en ce jour, l'important est le bonheur des mariés. Elle rejoint Marthe qui vient de s'asseoir après une valse avec Léon où le tournoiement de sa longue robe a attiré tous les regards.

— Marthe, est-ce que c'est ça l'amour, le bonheur ?

— Le bonheur, ça se construit tous les jours et je m'y efforcerai avec ton frère. Nous avons déjà eu nos différends, tu sais.

Héloïse est étonnée. L'amour n'est-il pas parfait par définition ? Il faudra qu'elle creuse la question.

Chapitre 13

Installation à Lille – Lille, février 1909

Sur le lac ébloui, tu glisses droit, superbe
Ô Cygne! Messager d'un songe revenu.

— Héloïse C.

Deux autres mariages en deux mois… Mais cette fois-ci, à Tourcoing, plus facile du point de vue logistique, mais moins magique que Rouen. Jeanne-Marie Velin, qu'Éloi a courtisée en secret, ne plaît pas à Héloïse. Elle la juge trop hardie, voire provocante. La jeune femme a plus d'atomes crochus avec Jeanne Boufflers, choisie par Paul. Jeanne est menue, réservée, même timide et lève de grands yeux adorateurs sur son époux. Comme l'avait expliqué Marthe, Paul avait fait appel à l'ami de Léon reconnu pour ses conseils concernant les bonnes familles de la région. Pour Paul, il était impératif de ne pas demeurer en reste avec ses deux frères. Ses consignes étaient claires : une jeune fille d'un bon milieu, catholique et prête à le suivre. Le mariage de Paul et Jeanne a eu lieu le 6 février, un mois après celui d'Éloi et Jeanne-Marie qui avait été célébré dans l'intimité.

Aujourd'hui, les réjouissances sont finies. Léon a déménagé à Fives, près de Lille. Éloi sur la rue Nationale à Tourcoing et Paul sur le boulevard Gambetta, aussi à Tourcoing. Bref, la grande maison familiale semble vide. Héloïse, Anna, Jean et leur mère déménagent donc à Lille en haut du nouvel établissement commercial qui a été inauguré le 11 janvier. Une nouvelle vie commence. Héloïse partage sa chambre avec Anna. Aujourd'hui, comme c'est souvent le cas, elle se réfugie dans la salle de séjour pour y penser plus à loisir. Jean fait irruption dans la pièce. Certes, il y a moins d'espace qu'à Tourcoing, mais Jean et Héloïse sont plus près de leur lieu de travail.

— Héloïse, je veux que tu te sentes bien chez toi, et nous allons choisir un bureau sur lequel tu pourras composer tes poèmes, dit Jean.

— Mais tu sais bien que je n'ai plus le temps d'écrire depuis que je m'occupe de la vente à Lille

— Justement, il faut que tu te réserves des moments pour toi. Viens, je t'invite à mes frais chez Xavier et Frères.

Héloïse est ravie. Elle a souvent regardé la devanture de cet antiquaire et y a déjà vu des meubles élégants dans des bois exotiques. Un secrétaire offert par son frère lui sera doublement précieux.

Sur place, la jeune femme hésite entre le merisier et le cerisier ; les deux secrétaires sont d'égale élégance. Héloïse choisit finalement le cerisier et, dès le lendemain, le joli meuble est installé dans sa chambre. Jean avait raison, la sensation du bois poli sous les mains facilite l'inspiration. Quand Héloïse s'assied, c'est comme si elle retrouvait un ami à qui elle confierait ses pensées les plus secrètes.

La jeune femme a vingt ans. Comment se fait-il qu'elle n'ait encore rencontré personne ? Et voilà que c'est maintenant au tour de sa sœur. Anna est aux anges : elle a présenté à sa mère et à ses frères un futur ingénieur des mines nommé Léon-Jules Grandville, un grand garçon bien charpenté, un peu gauche, très prévenant, à la mine sérieuse. Le jeune homme, très amoureux, étudie à HEI, l'école des Hautes Études Industrielles. Il a plu à la famille. Il y aura sans doute bientôt un autre mariage. Héloïse est un peu surprise. Elle

78

a toujours cru à tort que sa sœur si coquette épouserait un dandy. Or, ce Léon-Jules, très posé, se révèle un bien meilleur choix. Il est évident qu'Anna est la reine incontestée de son cœur.

Chez les Coulmiers ne restent que deux célibataires : Héloïse et Jean.

Chapitre 14

Rien de nouveau sous le soleil – Mouvaux, août 1912

L'ange du rêve est là qui s'attarde en ce monde
Et d'un geste étonné prend son luth à la main

— Héloïse C.

Travail, travail, toujours le travail. Héloïse se sent lasse de l'activité incessante du magasin de Lille. Le chiffre d'affaires augmente de façon constante, mais la jeune femme regrette la présence de ses frères à la maison et les conversations stimulantes lors des repas. Maintenant, elle est le plus souvent seule avec sa mère, car Jean s'implique de plus en plus dans les affaires de la famille. Une seule lueur à l'horizon, les vacances d'été dans la propriété de Mouvaux.

À la campagne, durant la journée, chacun vaque à ses occupations. Héloïse qui travaille à mi-temps l'été, se retrouve avec ses belles-sœurs et les enfants qui égaient chaque famille : les petits Pierre et Jean chez Paul et Jeanne, Denise et Léon fils chez Léon et Marthe, sans oublier Yvonne et Suzanne chez Éloi et Jeanne-Marie. Anna fait bande à part. Elle attend avec impatience de célébrer ses fiançailles avec Léon-Jules Grandville. Les frères Coulmiers, quant à eux, n'arrivent que le soir et espèrent se reposer tout comme les mamans qui sont absorbées par leur progéniture.

Ainsi, un jour, Héloïse lance une idée.

— Jean, pourrais-tu m'aider à mettre sur pied une pièce de théâtre pour souligner les fiançailles d'Anna? demande Héloïse. Cela amuserait tout le monde et je t'y ferai un rôle.

— Quelle bonne idée, Héloïse, mais je n'aurai pas beaucoup de temps à te consacrer. Montre-moi un projet et on en discutera.

Le soir, alors que sa mère se repose, Héloïse imagine son scénario. Il lui faut quelque chose de gai et d'humoristique. Anna est coquette et parfois maniérée. *Voyons, qui pourrait jouer son rôle? se demande Héloïse. Pourquoi pas Marthe? Et le fiancé? Jean. Mais il y a un autre personnage: le Temps qui s'interpose pour diviser les amoureux. Éloi serait sans doute très bon dans ce rôle...*

Quelques jours plus tard, une fois son texte écrit, Héloïse n'a pas de mal à convaincre Marthe. Jean est enthousiaste et se fait porte-parole pour décider Éloi. Dans le secret, on commence les préparatifs. La grange au fond du jardin sera le théâtre. Bien sûr, il faut un peu de mise en scène et toutes les belles-sœurs mettent la main à la pâte. La surprise sera pour Anna et son fiancé, mais aussi pour Marie-Augustine qui se sent parfois lasse.

Les préparatifs vont bon train et, au fur et à mesure que la date approche, l'effervescence monte. Jean fait tout son possible pour être assidu aux répétitions. Éloi s'est fait plus rare, mais il maîtrise son rôle.

Il ne reste plus que trois jours.

— Héloïse, je suis désolée, je ne pourrai pas tenir le rôle du Temps, car je dois me rendre impérativement à Bruxelles chez Æolian, annonce Éloi à Héloïse.

— Mais c'est impossible, qui te remplacera au pied levé?

— J'ai peut-être une solution... Louis, le stagiaire de monsieur Gired, travaille en ce moment avec Paul. Pourquoi ne pas le lui demander ? Si tu es d'accord, je le vois demain, je lui remettrai le texte.

Héloïse est déçue, mais sa curiosité est piquée : comment ce jeune Louis qui vient du Canada va-t-il se débrouiller ? Au fond, elle est bien contente d'avoir une occasion de revoir le jeune homme.

* * *

Le grand jour arrive, Éloi a tenu parole et a transmis le texte à Louis.

Ce dernier arrive à temps et sa présence met les nerfs d'Héloïse à rude épreuve.

— Louis, je suis contente de vous voir. Connaissez-vous votre rôle ?

— Oui, mademoiselle, ne vous inquiétez pas, je serai à la hauteur. Je l'ai répété avec votre frère Jean.

Héloïse pousse un soupir de soulagement, mais n'en continue pas moins à virevolter comme un papillon de l'un à l'autre pour s'assurer que rien ne manque et que les comédiens en coulisse soient prêts.

Les invités arrivent et prennent place dans le théâtre improvisé. Anna, toujours élégante avec un grand chapeau et un joli boa de plumes malgré la chaleur, est placée au premier rang avec son fiancé Léon-Jules. Marie-Augustine s'assied à côté de sa fille, et les parents de Léon-Jules auprès de leur fils. L'atmosphère est bon enfant, tous ont hâte de voir la première réalisation théâtrale d'Héloïse.

Toc, toc, toc. Les trois coups de brigadier sont donnés. Le rideau s'ouvre.

Marthe est parfaite en «Micheline», jeune fille un peu superficielle. Jean est très crédible en «Gérard», le fiancé empressé. Et Louis s'acquitte à merveille de son rôle du Temps : il sort de la pendule habillé en blanc, il tient une faux et un livre où il prend des notes. Il parle lentement et c'est lui qui va fournir la morale de la pièce :

— Bien sot qui se fie aux apparences, que celles-ci s'appellent habitudes, langage ou manières, elles sont trompeuses, car au fond : rien de nouveau sous le soleil. Marchez, marchez, pauvres humains, le Temps s'amuse. Il sait vous faire retourner en arrière.

Rideau. Les applaudissements fusent et Anna prend le parti de rire de ce qu'elle a reconnu comme étant sa caricature. C'est le jour de ses fiançailles, ce n'est pas le moment de ternir l'atmosphère joyeuse de l'assemblée.

* * *

Le dîner est très gai. Tous félicitent les fiancés ainsi que l'auteure et les acteurs de la pièce qui a été montée en leur honneur. Louis est le centre des conversations. On veut tout savoir sur lui. Toujours réservé, il ne prend pas l'avant-scène et ramène la discussion sur des sujets généraux. Cela intrigue Héloïse qui se promet d'essayer de lui parler.

Le temps passe et les convives prennent congé. Toutefois, Louis ne repart que le lendemain avec Jean. Héloïse rejoint les deux jeunes hommes dans la quiétude du salon. Jean est absorbé dans un livre, alors que Louis, absorbé dans ses pensées, regarde au loin…

— Louis, vous nous avez à peine parlé du Canada, j'aimerais en savoir plus, lance Héloïse en s'enfonçant dans une bergère.

— Tout le monde pense que le Canada est une terre sauvage peuplée d'Indiens et enterrée sous la neige, mais il y a Montréal et Québec. Il y a aussi l'été et nous avons beaucoup à apprendre des Amérindiens qui nous ont accueillis sur leurs terres.

— Ne vous offensez pas, Louis ! Parlez-moi un peu plus de votre ville.

— Montréal est une grande ville. Comme je vous l'avais dit à Rouen, mon grand-père était libraire. Après mes cours au Collège de Montréal, je me précipitais chez lui et il me guidait dans mes lectures. Il y avait une pièce à l'arrière de sa boutique où je n'avais pas le droit d'aller seul, c'était la réserve de livres venant de France dont la plupart étaient à l'Index.

— En avez-vous lu ?

— Certains, mais toujours sous supervision. En matière de lecture, je vous recommande surtout Jules Verne, Rudyard Kipling ou Raoul de Navery qui ne sont pas à l'Index, rassurez-vous !.

— J'ai déjà lu Jules Verne que mes frères affectionnent tout particulièrement. *Vingt mille lieues sous les mers* a nourri leur imaginaire pour notre attraction du sous-marin à la foire de 1906. Je ne connais ni Kipling ni de Navery.

— Chez Kipling, je vous recommande le *Livre de la jungle*, qui a été traduit, et surtout *Kim* qui raconte l'histoire d'un jeune métis né de père irlandais et de mère indienne. Kim doit survivre par lui-même au milieu de l'hostilité des Anglais et du mépris de son peuple.

— En quoi ce récit vous touche-t-il ?

— Mademoiselle, j'ai été adopté par la famille Cherrier et on me l'a toujours fait sentir.

Héloïse marque une longue pause. Elle se rappelle les paroles du père Gagnon à propos des enfants recueillis par des parents plus fortunés pour un meilleur avenir. Elle regarde Louis.

— S'il vous plaît, appelez-moi Héloïse. À mes yeux, vous n'avez rien à envier aux autres.

— Merci, Héloïse, permettez-moi de vous offrir mon exemplaire de *Kim,* dit Louis en tendant le livre à la jeune femme.

— Cela me fait immensément plaisir, Louis.

— La prochaine fois que nous nous verrons, je vous apporterai deux livres de Raoul de Navery que j'affectionne tout particulièrement : *Les trésors de l'abbaye* et *Jean Canada.*

Jean tousse pour les faire revenir à la réalité

— Louis, il est temps de prendre congé, nous devons partir tôt demain matin.

Chapitre 15

L'immense succès du pianola – Lille, novembre 1912

> Mais ce beau ciel est trop limpide
> Et comme tout bonheur candide
> Ne peut durer.

— Héloïse C.

Il est huit heures trente. La salle d'exposition au premier étage de la rue Esquermoise à Lille est encore dans la pénombre. Il faut dire que la lumière de ce début décembre est quasiment inexistante. Héloïse n'a plus à parcourir en tramway les quinze kilomètres qui séparent Tourcoing de Lille. Elle est sur place, dans un appartement mitoyen à l'édifice commercial où elle habite avec sa mère. Il y a aussi une chambre pour Jean qui est rarement là.

Héloïse est toujours la première arrivée sur son lieu de travail. Ce matin, elle se contemple dans le miroir du corridor pour vérifier l'effet de sa blouse crème ornée de dentelles et de sa longue jupe beige. *Voilà qui me va bien,* pense-t-elle. *Toujours faire bonne impression devant les clients et le personnel.* Héloïse passe une main caressante sur les couvercles vernis des pianos rangés les uns à côté des autres. Elle aime contempler leur brillance et leur alignement parfait, telle une armée de soldats prêts pour la bataille.

Avant l'arrivée des clients, ce salon des ventes lui paraît immense et son regard se perd au loin. Elle savoure cette heure calme où l'entreprise ne bruit pas encore du va-et-vient des employés. Elle se prépare ainsi à une journée bien remplie où il faut être partout à la fois pour répondre aux questions des visiteurs, satisfaire les demandes irréalistes de certains clients, arbitrer les différends parmi les membres du personnel et voir à tous les imprévus.

Un bruit de porte au rez-de-chaussée la tire de ses réflexions. Des pas à la fois pressés et familiers se font entendre dans l'escalier.

— Bonjour, Héloïse, je vois que tu es toute élégante et déjà au travail. Bravo! lui dit Paul avec un sourire.

Héloïse rosit sous le compliment.

— Merci. Tu peux toujours compter sur Jean et moi quand tu n'es pas là. Et comme tu n'annonces jamais tes visites, nous sommes toujours sur le qui-vive!

— Parfait! Cela vous évite mes remontrances. Où est Jean?

— Il est en tournée cette semaine. Cambrai, Arras, Valenciennes et Douai. Il rentrera tard ce soir.

— C'est bien qu'il vérifie la disposition des salles de la région tel que l'a recommandé la compagnie Æolian.

— Tu sais qu'il n'a plus de temps pour sa musique, lui fait remarquer Héloïse. C'est dommage qu'il ait tourné la page sur sa carrière artistique.

— C'est normal, il faut gérer notre succès commercial et on apprécie son aide.

Après une pause, Paul ajoute:

— Il fait une très belle carrière commerciale. Il faut regarder en avant. Je monte dans mon bureau. Bonne journée, Héloïse.

La jeune femme soupire avec cette impression de ne pas avoir été vraiment écoutée. Elle trouve Jean fatigué ces temps-ci. D'ailleurs, le pauvre semble affligé d'un mauvais rhume qui ne le lâche pas. *Ce soir, je l'attendrai, peu importe l'heure à laquelle il rentrera.*

* * *

La clef tourne dans la serrure. Déjà en chemise de nuit et peignoir, Héloïse se précipite à la rencontre de son frère

— Jean, tu as l'air exténué, tu devrais prendre du repos.

— Les affaires m'appellent, et nous manquons de personnel. Tu sais combien Paul est exigeant !

— J'aimerais tellement que tu ne voyages pas tant. Tu vas t'épuiser.

— As-tu le temps d'écrire sur le bureau que je t'ai offert ? demande Jean pour détourner la conversation avant d'être secoué par une rude quinte de toux.

— Je vais te préparer une tisane bien chaude avec du miel.

Une porte s'ouvre à l'étage. Les pas de Marie-Augustine résonnent dans l'escalier. Elle applique sa main sur le front de son fils

— Mais tu es brûlant ! D'où reviens-tu à cette heure tardive ?

— J'arrive des mines de Lens, j'étais avec l'abbé Bailleul, il avait besoin de conseils pour installer son matériel cinématographique pour sa prochaine conférence pour les mineurs de la Compagnie des Mines de Lens. Il y a tout à faire dans la nouvelle salle des fêtes mise à la disposition des mineurs.

Marie-Augustine laisse échapper un soupir résigné ; rien à faire pour arrêter son fils. En plus de son travail exigeant, il rend service. Plus il est fatigué, plus il en fait, comme pour nier son état.

— Il faut te mettre au lit tout de suite avec un cordial[5]. Demain, nous faisons venir le médecin.

Pour une fois, Jean ne se fait pas prier.

* * *

Héloïse et sa mère attendent derrière la porte de la chambre de Jean.

Cela fait déjà plus de trente minutes que le Dr Picart est entré.

— Maman, pensez-vous que ce soit grave ?

— Attendons, cette toux qu'il a depuis plus de deux mois ne me dit rien qui vaille.

Enfin, le docteur sort.

— Madame, allons au salon, j'ai à vous parler.

Marie-Augustine fait entrer le médecin et invite Héloïse à se joindre à eux.

— Je ne vous cacherai pas, madame, que l'état de votre fils m'inquiète. Je diagnostique une pleurésie avec accumulation de liquide autour des poumons et je ne voudrais pas que ça évolue vers une affection respiratoire plus grave.

— Vers quoi, docteur, cela pourrait-il évoluer ?

— Madame, il est trop tôt pour le dire. Il lui faudra du repos. Il ne doit pas sortir et encore moins travailler. Voici deux remèdes que je lui ai prescrits ; suivez bien les instructions. Attention, cela peut être contagieux. Aussi, il vaudrait mieux le mettre en isolation. Vous-même et votre fille devrez-vous occuper de lui en évitant le plus possible les contacts physiques.

Héloïse et sa mère échangent des regards affligés. Aussitôt le médecin parti, elles se rendent au chevet de Jean.

---

5. Boisson remontante, stimulante et tonique à base de plantes et d'alcool.

— Maman, Héloïse, ne vous tourmentez pas et n'alarmez pas mes frères. Je suis fort et je vais guérir.

— Jean, il faudra que tu suives les recommandations du médecin à la lettre. Je vais aviser Paul que tu es au repos forcé, dit Héloïse.

La nouvelle se répand rapidement à travers la famille consternée. Paul, Éloi et Léon avaient bien remarqué que Jean était amaigri, plutôt pâle et qu'il toussait, mais chacun avait mis cela sur le compte d'une infection quelconque et du surmenage. Il faut savoir que depuis la construction de la salle Æolian à Lille, la formule concert a été reproduite dans toutes les villes de la région avec un succès immédiat. Or, Jean s'est produit dans tous ces concerts à la suite desquels il concluait des ventes. Avec sa conversation brillante qui séduit la clientèle aisée, il est excellent vendeur. La question est : en a-t-il trop fait ?

Chapitre 16

Au chevet de Jean – Lille, mars 1913

La maison et les fleurs s'estompent et s'enfuient.
Les souvenirs anciens se transforment en rêve,
Et tissent en tremblant l'aurore qui se lève.

— Héloïse C.

Depuis deux semaines, Marie-Augustine et Héloïse se relaient chaque nuit auprès de Jean. Cela fait plus de trois mois qu'il est alité. Il est faible et s'alimente peu. La nuit, on dirait que les quintes de toux sont plus violentes. Il y a aussi du sang sur ses mouchoirs. Héloïse soulève alors la tête de Jean et l'aide à boire un peu d'eau. Elle regarde autour d'elle et il lui semble se remémorer la maladie de son père. Elle n'avait que onze ans, mais elle se rappelle très bien cette odeur camphrée qui régnait comme aujourd'hui dans la chambre du malade. Une sourde terreur alors l'habite, mais elle ne veut pas la montrer.

Les journées apportent un peu de répit. En dépit de la quarantaine, l'abbé Bailleul insiste pour venir et passer de longs moments avec Jean. Alors, le visage de ce dernier s'éclaire et Héloïse se prend à espérer que tout redeviendra comme avant.

— Héloïse, peux-tu m'apporter mes pinceaux, je dois finir le tableau de notre maison de campagne. Penses-tu que j'ai bien traduit ce coin de paradis ? Comment trouves-tu mon rendu de la maison couverte de glycines blanches ?

— Très joli. J'aime aussi les capucines que tu as mises sur les grilles des fenêtres. Que les roses sont belles près du bosquet ombrageux !

Une autre quinte de toux. On range les pinceaux. Jean s'assoupit. Puis la douleur le réveille, les calmants au pavot ne font pas beaucoup effet. En bas, Marthe s'inquiète pour Héloïse et sa mère.

— Vous semblez épuisées, moralement et physiquement. Si Jean montre un peu de mieux, pourquoi ne viendriez-vous pas passer une nuit chez Léon et moi ? Cela vous ferait le plus grand bien.

Marie-Augustine et Héloïse se concertent du regard : elles auraient tant besoin de ce répit. Elles n'en peuvent plus de veiller le malade et de se faire du souci pour lui. De plus, ce matin, contre toute attente, Jean a ressenti comme une bouffée d'énergie… C'est donc décidé ! Mélina, l'aide-infirmière que le médecin a recommandée, prendra le relais pour une nuit.

Le trajet en train jusqu'à Fives est comme une oasis après l'angoisse des derniers jours. La soirée chez Marthe et Léon calme tout le monde pour un moment et, le lendemain matin, Marie-Augustine et Héloïse se sentent vivifiées et prêtes à reprendre leur tâche. Ainsi, dès sept heures du matin, elles regagnent Lille, avides de savoir si Jean a de nouveau pris du mieux.

* * *

La porte de la chambre de Jean s'ouvre. Mélina s'engouffre dans le couloir en pleurant. Marie-Augustine et Héloïse comprennent instinctivement que le pire s'est produit :

— Monsieur Jean est mort sans souffrance apparente dans son sommeil vers six heures du matin.

— ... et je n'étais pas là! s'écrie Héloïse. Je ne lui ai pas tenu la main comme je le lui avais promis! ajoute-t-elle en enfonçant son visage dans les paumes de ses mains.

Marie-Augustine la serre contre elle.

— Ma fille, tu as été une sœur aimante et dévouée. Jean a choisi son moment pour t'épargner. Pour nous épargner.

Héloïse pleure silencieusement au creux de l'épaule de sa mère. Elle sait que cette dernière a raison. C'est la Providence qui les a conduites chez Marthe.

Le Dr Picart vient constater le décès. Héloïse se sent étrangère à son corps et erre dans l'appartement. Son univers s'écroule. Elle se réfugie dans sa chambre et se met à écrire.

Chapitre 17

Lettre à mon frère – Lille, avril 1913

> *Ainsi qu'une aile de colombe*
> *Viens glisser aux soirs de grand vent,*
> *Viens chanter ton refrain souvent*
> *Petite feuille sur ma tombe.*

— Héloïse C.

Mon cher Jean,

Étendu sur ton lit, les mains croisées sur ton chapelet, tu parais dormir. Ton visage est serein, comme éclairé par le bonheur de l'au-delà. Tu as trente et un ans, mais tu parais tout jeune, presque un enfant. Je t'embrasse sur le front et murmure une prière en pleurant. Ta chambre est calme et silencieuse, mais j'entends par la porte mi-close le grand branle-bas de la mort : quelles poignées pour le cercueil ? Des vis dorées, ou non ? Du satin, ou de la soie pour la garniture ? Quelle musique pour l'office ?

Au fond de mon cœur, un vide immense se creuse avec une terrible interrogation, insupportable : où es-tu maintenant ?

C'est par toi que je vois le monde, tu me l'expliques, tu le peins parfois, me le décris sous forme poétique. Les

97

parfums de la campagne, tu me les révèles en promenade. Les mots que tu prononces ou que tu chantes de ta voix de ténor m'enveloppent de leur charme infini. Je suis ton écho fidèle. Tu me dis qu'il faudrait deux vies pour réaliser tous tes projets. Tu n'es plus. Je serai ta deuxième vie, j'obéirai à ta mission. Peintre, musicien et chanteur comme toi, impossible ! Mais je pourrai continuer la poésie.

Jean, je t'en fais le serment, je marcherai en ta compagnie, tu vas continuer de vivre à mes côtés, je te demanderai ton avis. J'interrogerai ton portrait chaque matin et tu me guideras et me protégeras. Je vais poursuivre ton œuvre dans le seul registre que je connaisse, soit la langue écrite. Je pourrai y méditer tous tes enseignements et y cultiver ton souvenir à ma façon. Dorénavant, je signerai mes œuvres de ton prénom. Mon nom de plume sera Jean Grenadier.

Je crois à toutes les valeurs que tu m'as enseignées et c'est au travers de tes convictions qu'avec toi j'adresse une prière à Dieu, qu'il te bénisse et te garde avec lui pour toujours.

La mort n'est pas une étroite prison,
La terre prend nos corps dans son domaine,
Mais, elle n'a qu'une dépouille humaine ;
L'âme vivante a changé d'horizon.

Héloïse C., ta petite sœur aimante

Chapitre 18

L'exode – Sur la route, 24 août 1914

On rencontre parfois des êtres malfaisants qui tendent
sous nos pas des filets plus pesants !
Sachons ouvrir les yeux pour éviter leur trame, car,
sans attendre d'eux la moindre bonté d'âme,
il ne faut pas compter s'évader par hasard.

— Héloïse C.

Il fait une chaleur épouvantable dans le train vers Arras. On y a grimpé à l'aube et il est maintenant arrêté depuis plus d'une heure sur la voie. Héloïse est trop couverte, mais dans la précipitation du départ et vu le manque de place dans les bagages, on a décidé de porter sur soi le plus de vêtements possible. La jeune femme voudrait retirer son manteau, mais Yvonne, cinq ans, et Suzanne, trois ans, dorment contre elle sur la banquette et il ne faut surtout pas les réveiller. Sur un autre banc, Jeanne-Marie, leur mère, s'est aussi endormie, épuisée d'inquiétude pour son mari Éloi dont on n'a plus de nouvelles. Quant à Jeanne, elle serre dans ses bras Pierre, quatre ans, et Jean, encore un bébé. Elle ne dort pas : son mari Paul n'est pas encore mobilisé, mais il doit rester disponible. Elle s'inquiète pour l'avenir. Anna berce Marguerite, trois ans, pour qu'elle cesse de pleurnicher. Marie-Augustine échange des regards d'encouragement avec Héloïse. Un vieux monsieur ronfle et sa femme pleure silencieusement. Il y a une douzaine de personnes dans ce petit compartiment où sont également entassés dix valises et colis.

Héloïse revoit le fil des derniers mois comme dans un mauvais rêve… Après la mort de Jean, elle s'est étourdie de travail pour oublier. Ses frères avaient bien parlé de la situation mondiale qui se détériorait, mais elle n'avait pas voulu s'attarder aux rivalités impérialistes qui déchiraient l'Europe ni au jeu des alliances entre grandes puissances. Il lui semblait tout simplement évident que les hommes seraient raisonnables après le conflit de 1870[6]. Malheureusement, la triste réalité a rattrapé tout le monde avec la mobilisation générale du 1er août. Éloi, Léon et Léon-Jules ont été appelés, alors que Paul attend toujours d'être mobilisé.

La veille de leur départ, Éloi et Léon sont venus voir leur mère. Héloïse voit encore la scène.

— Soyez prudents, mes enfants, je prierai pour vous tous les jours, que le Bon Dieu vous protège, avait dit Marie-Augustine en se tenant très droite et en retenant ses larmes.

Le lendemain, en gare du Nord à Lille, le chaos avait été indescriptible. Les épouses éplorées s'accrochaient au cou de leur mari, les enfants criaient. Et au milieu de cette agitation, les soldats tentaient de faire bonne figure. «Cette guerre sera éclair, nous reviendrons vite!» entendait-on sur toutes les lèvres. Éloi, Léon et Léon-Jules étaient montés dans le train. Jeanne-Marie, Marthe et Anna leur avaient serré les mains par les fenêtres ouvertes. Elles étaient venues sans les enfants pour ne pas ajouter à la tristesse du moment. Marie-Augustine, que Paul réconfortait du mieux qu'il le

---

6. La guerre franco-allemande (1870-1871) oppose la France à la Prusse alliée aux États allemands (Bavière, Saxe, Wurtemberg, etc.) Elle a pour cause l'inquiétude provoquée en France par la puissance acquise par la Prusse après sa victoire sur l'Autriche-Hongrie en 1866.

pouvait, agitait aussi la main. Henri Dufebvre, encore sur le quai, faisait ses adieux :

— Madame Coulmiers, je resterai près de vos fils. Nous nous soutiendrons mutuellement. Héloïse, demandez à votre frère Jean de me protéger de là-haut.

Sur ce, Henri avait déposé un chaste baiser sur la joue d'Héloïse et était monté à son tour dans le train. Soudain, Héloïse avait entendu son nom lancé à travers la foule. À deux wagons de là, un jeune homme dans un uniforme différent des autres, tentait de la rejoindre à grandes enjambées. Héloïse avait aussitôt reconnu Louis. Elle s'était alors précipitée à sa rencontre avec effroi.

— Louis, je pensais que vous resteriez à l'écart du conflit.

— Je me suis engagé dans l'armée britannique grâce à ma nationalité canadienne.

— Mais pourquoi faut-il qu'un si jeune homme comme vous veuille aller à la guerre volontairement ?

— C'est plus fort que moi, je ne peux rester comme un pleutre bien en sécurité alors que tous veulent contribuer à la victoire. Voyez comme ces jeunes de partout sont enthousiastes, je dois y aller, mais s'il vous plaît, donnez-moi la permission de vous écrire.

— Oui, Louis, donnez-moi de vos nouvelles, je prierai pour vous.

— Héloïse, il sera si bon de savoir que quelqu'un que j'admire pense à moi.

Héloïse avait regardé le jeune homme avec tendresse.

— D'accord, Louis, je vais essayer de vous porter chance. Prenez bien soin de vous.

Et voilà qu'il l'avait embrassée avec passion. Elle en était encore toute retournée alors qu'il était monté dans le wagon pour ensuite agiter son bras par la fenêtre.

C'était il y a trois semaines. Maintenant, Héloïse est dans un train bondé avec tous les absents qui lui emplissent la tête.

Une secousse violente, le train qui était à l'arrêt se remet en marche. Pierre et Jean, réveillés en sursaut, hurlent, bientôt imités par Yvonne, Suzanne et Marguerite. Les mères se réveillent et s'activent, la cacophonie est totale.

— Anna, as-tu encore de l'eau ?

— Non, je n'ai plus rien.

— Voici ce que j'ai, propose une dame.

On passe un gobelet de fer d'un enfant à l'autre. Marguerite tousse, ses microbes vont sans doute se propager à tous. Comme si la situation n'était pas assez difficile... Sourires et remerciements, la crise est passée.

Deux jours plus tôt, Marie-Augustine et Héloïse avaient quitté Lille par un autre train bondé. Elles avaient retrouvé Anna à Biache Saint-Vaast, puis Jeanne et Jeanne-Marie avec leurs enfants les y avaient rejointes. Et voilà les mères, sœurs et belles-sœurs, toutes si indépendantes, réunies dans ce train à destination de Rouen qui ne sera sans doute qu'une étape. En effet, les nouvelles du front sont mauvaises et il faudra probablement poursuivre plus au sud. Alors recommenceront les queues sur le quai de la gare où on devra se disputer l'espace avec les soldats épuisés, couchés à même le sol en attendant les départs des trains. En temps normal, le trajet Arras-Rouen prend quatre heures, mais cela fait déjà six heures que la famille est en route avec seulement quelques kilomètres parcourus. Pourquoi cette guerre ? Pourquoi faut-il que l'homme soit un loup pour l'homme ?

Chapitre 19

L'exode (suite)-Chartres, 1ᵉʳ septembre 1914

Moi, je voudrais sans amertume
Croire que tout n'est pas fini
Quand je vois sur le sable uni
Glisser un long serpent d'écume.

— Héloïse C.

La nuit est fraîche. Héloïse, sa mère, sa sœur, ses belles-sœurs et les enfants sont assis dans le hall de la gare de Chartres en attente du premier train en partance vers Nantes. Il faudra sans doute attendre toute la nuit. Or, les deux derniers jours ont déjà été très pénibles. D'abord, la famille est arrivée à Rouen après la tombée du jour et il n'y avait plus de place pour se loger. À pied, en traînant les valises et en frappant aux portes des auberges et des hôtels, le groupe avait fini par trouver un petit hôtel meublé où, miracle, on servait encore une soupe chaude. La nuit avait été courte, car il fallait repartir le lendemain pour Vernon où Paul avait recommandé les siens à son ami le notaire Potencier qui pourrait les aider durant cette halte avant d'aller plus au sud.

À Vernon, trêve appréciée, une villa meublée avait effectivement été mise à leur disposition par Me Potencier. Toutefois, comme les canons tonnaient et que les Allemands se rapprochaient, il avait fallu partir rapidement pour Pacy-sur-Eure. Ainsi étaient-ils parvenus sur les quais de la gare de Chartres.

Héloïse somnole. Des pleurs la réveillent. Quelle n'est pas sa surprise de reconnaître Marthe qui traîne Denise et Léon fils par la main, suivie de ses parents et du petit André...

— Marthe, je te croyais en sécurité à Beauvais ! dit la jeune femme.

— Les Allemands sont aux portes de Beauvais, on entendait les canons et des odeurs de brûlé nous parvenaient de partout. Nous avons dû fuir !

Les deux belles-sœurs s'étreignent. Quelle incroyable circonstance ! Héloïse ne pensait pas revoir son amie de sitôt.

— As-tu des nouvelles de Léon ?

— Non, et toi ?

— Rien.

— Je suis de plus en plus inquiète. Les petits réclament leur père. Ton filleul, a presque fait des convulsions dans le train tant il était épuisé. Ça a pris toute la patience et la douceur de maman pour le calmer.

Héloïse regarde son petit filleul avec compassion. *Comme les temps sont durs pour ces bambins qui voient leur univers chamboulé et qui perçoivent très bien l'anxiété de leurs parents*, songe la jeune femme.

— Restez avec nous, on va vous trouver une place sur le banc. L'attente sera moins pénible, tous ensemble. Nous prendrons le même train pour Angers s'il se présente.

Marthe, les enfants et ses parents s'installent tant bien que mal. C'est toujours aussi froid, en plein courant d'air et toujours aussi inconfortable, mais il semble qu'un peu de chaleur soit entrée dans le cœur de chacun.

Il fait encore nuit quand un coup de sifflet se fait entendre, suivi du fracas d'une locomotive. Le train pour Angers entre en gare. La cohue est indescriptible. Tous les voyageurs se secouent en même temps et rassemblent bagages et familles. On se pousse, on se précipite. Les enfants sont bousculés. Le père de Marthe, parti en éclaireur avec sa femme, finit par héler les autres.

— Venez vite, en tête du train, il semble y avoir quelques places dans des compartiments contigus. Ma femme nous les réserve comme elle le peut.

Traînant Pierre et Jean pour soulager Jeanne qui semble au bord de l'épuisement, Héloïse se fraie un passage parmi la foule agglutinée et les soldats qui quittent le train et marchent en sens inverse. Elle aperçoit la maman de Marthe à la fenêtre d'un wagon de tête et y fait monter les enfants. Elle retourne aussitôt pour attraper deux valises et deux colis et encourager le reste du groupe. Ainsi, au bout de ce qui a semblé une éternité à la jeune femme, tous sont installés tant bien que mal, et après deux heures à quai, le train finit par s'ébranler, direction Le Mans.

Malheureusement, un contrôleur se frayant un passage parmi les voyageurs debout, assis ou couchés, annonce bientôt qu'il faudra changer de train au Mans. Marthe et sa famille y descendent à onze heures, car ils ont sur place des parents qui pourront les héberger. Héloïse et les autres doivent se rendre à Angers puis à Nantes où les Villemin, des amis de Paul, les attendent.

Les adieux à Marthe et à ses parents sont écourtés, Héloïse échange un regard d'encouragement avec sa belle-sœur et avance avec enfants et parents : il faut changer de quai au plus vite. Cependant, Héloïse se rend vite compte qu'il est inutile de se presser, car le train ne sera pas là avant deux heures.

Vers quinze heures, Héloïse et les siens se retrouvent éparpillés dans deux compartiments déjà surpeuplés. Les arrêts sont nombreux et le temps se traîne. À Angers, il faut encore changer de train. Les petits ont faim et soif.

Autour de dix-neuf heures, à Nantes, le courage et la résistance d'Héloïse sont épuisés. Les valises et les cartons sont sur le quai, mais personne aux alentours. Se peut-il que les Villemin n'aient pas été prévenus ? En sortant de la gare, pas de transport. Par chance, Héloïse trouve une voiture à cheval dans laquelle s'entassent Jeanne, Jeanne-Marie, Anna et les cinq enfants. La jeune femme se rend compte qu'il n'y a pas de place pour elle et sa mère. Aussi, le conducteur leur explique en détail le chemin menant à la résidence des Villemin où il va conduire les trois mamans et leurs enfants. Héloïse et sa mère iront à pied. Se soutenant l'une l'autre, elles parcourent les trois kilomètres qui les séparent de leur destination.

Quand elles arrivent enfin, les deux marcheuses constatent que les mamans et leurs enfants sont assis sur les valises en face d'une résidence cossue dont tous les volets sont fermés. On cogne aux portes des environs. Enfin, une petite auberge qui ne paye pas de mine veut bien les accueillir. Tous s'installent du mieux possible dans deux chambres. L'épuisement aidant, par terre ou sur un bout de matelas, les femmes et les enfants s'endorment. Du sol s'élèvent les respirations régulières des adultes et les sifflements et la toux des petits qui ont mal supporté le voyage.

Le lendemain, l'aubergiste prévient la famille qu'elle ne peut rester là. Tous se retrouvent donc dans la grande salle d'entrée en se demandant que faire quand madame Villemin, à peine rentrée chez elle et mise au courant de l'arrivée des Coulmiers, fait son apparition. Elle est accueillie en sauveur. Elle va les aider !

Chapitre 20

Transition – Nantes, décembre 1914

Chaque arbre nu malgré son apparence
Ne dit-il pas que rien ne doit finir
Qu'au vert printemps son bois va refleurir ?

— Héloïse C.

Héloïse est très élégante dans une robe de soie gris anthracite agrémentée de dentelles, soit l'uniforme des vendeuses des accessoires et de la confection du grand magasin Decré et fils. Elle a trouvé ce travail grâce à une recommandation de madame Villemin. Quel bonheur pour la jeune fille de pouvoir sortir de la maison louée où tous ont fini par s'installer à Nantes ! Comme il est bon de se sentir utile et de contribuer à payer les dépenses de la famille !

En cette veille de Noël, la jeune femme est très occupée. Il faut dire qu'elle s'est taillé une bonne réputation de conseillère grâce à son goût sûr et qu'elle attire une riche clientèle.

Lors d'une courte accalmie, Héloïse songe à son frère Paul qui est venu les voir il n'y a pas longtemps pour aussitôt retourner à la manufacture d'armes de Châtellerault où il a été affecté. Héloïse songe aussi à sa mère qui trouve enfin un peu de repos dans la nouvelle demeure de Nantes. Savoir

107

tout le monde en bonne santé l'apaise énormément et lui donne l'énergie nécessaire à son emploi. Tout en replaçant des gants qu'elle a sortis ainsi que des chapeaux qui ont été essayés, elle repense aux événements des trois derniers mois. Les nouvelles parviennent tant bien que mal du nord de la France. Il y a toujours quelqu'un qui connaît quelqu'un et qui leur fait parvenir des informations. D'ailleurs, le comptable de la Maison Coulmiers a réussi à les retrouver. Parti en vélo de Tourcoing, il a gagné Arras, puis a eu une place dans un train pour Paris. Il espérait trouver plus tard le moyen de rejoindre La Baule. Or, à Lille, un employé de la maison lui avait dit que la famille Coulmiers se trouvait à Nantes. Il s'est donc arrêté en chemin et a décrit à tous l'état de désolation de Lille et de ses environs. Que de bombardements il y a eu! Pire, les Allemands, furieux de ne pas trouver certains notables en ville, ont arrêté le maire et son adjoint et les ont fait exécuter. Toujours par personne interposée, la famille a su que Léon, le mari de Marthe, était prisonnier en Allemagne. Puis la nouvelle est tombée qu'Henri Dufebvre, l'ami de Jean, était aussi détenu en Allemagne. Pas de nouvelles de Louis qui combat avec les Anglais. *Il avait pourtant promis de m'écrire,* pense Héloïse en continuant son rangement.

Hier soir, alors que les petits étaient couchés, la jeune femme s'est isolée dans le jardin et a contemplé la pleine lune dans un ciel dégagé. Son esprit vagabondait. Elle songeait à tous ces soldats dispersés en France, en Allemagne et ailleurs à travers l'Europe qui, comme elle, regardaient le ciel constellé d'étoiles. Quelle tristesse de penser à toute cette jeunesse sacrifiée pour des raisons que l'histoire aura probablement du mal à expliquer... Maintenant, on dirait qu'il ne reste derrière que des femmes courageuses, devenues piliers de famille par la force des choses ou engagées comme infirmières si elles le peuvent. Toutes ont dans la famille ou chez leurs proches des disparus ou des prisonniers.

Héloïse en est là dans ses réflexions quand quelques toussotements discrets la font tressaillir. Devant elle, un jeune homme en uniforme du Royal vingt-deuxième, le bras en écharpe, la regarde intensément. Le sang de la jeune femme ne fait qu'un tour. Est-ce bien Louis, son Louis ? Elle est sans nouvelles depuis le début de la guerre et voilà qu'il est là. Après un petit signe au jeune homme, Héloïse cherche sa supérieure. Cette dernière lui accorde quelques minutes de pause pour s'entretenir avec le soldat.

Héloïse enfile rapidement son manteau et entraîne Louis dehors.

— Louis, vous êtes blessé ? Comment se fait-il que vous soyez ici ?

— Je vais bien, cela fait deux mois que je vous cherche.

Ils parlent tous les deux en même temps.

— Comment m'avez-vous trouvée ?

— J'ai interrogé au moins vingt personnes au cours de mes déplacements. J'étais blessé et on m'a conduit de ville en ville jusqu'au camp de Nantes où j'ai retrouvé votre trace. Malheureusement, je repars demain.

Héloïse pâlit. Elle a tellement espéré ce moment et voilà qu'il faut se séparer de nouveau.

— Pourrai-je au moins vous voir ce soir avant votre départ ?

— Rien ne saurait me faire plus plaisir. Vous pourriez venir à l'hôpital. Nous n'aurons pas beaucoup d'intimité au parloir, mais nous essaierons de trouver un coin tranquille.

* * *

Les heures semblent s'être étirées quand cinq heures arrive enfin. Tous les employés quittent le grand magasin dont seules les immenses vitrines faiblement éclairées semblent témoigner de l'activité de la journée.

Héloïse court chez elle pour prévenir sa mère. Elle sera un peu en retard ce soir. Ensuite, elle parcourt plus de quatre kilomètres pour se rendre au camp anglais. Elle n'a pas expliqué à sa famille la raison de son déplacement. Elle ne veut pas avoir à se justifier et Louis est son jardin secret.

Devant elle, la grande porte de l'hôpital militaire du camp ressemble à une forteresse. Après beaucoup de palabres, on finit par la faire entrer dans le parloir. Louis est prévenu et s'y précipite. Que dire après ces six mois de séparation et d'angoisse ? Le bruit des conversations autour d'eux n'est pas propice aux confidences. Ils se racontent leurs inquiétudes mutuelles. Le temps file à toute allure. Louis a du mal à se tenir assis. Il fait quelques pas et revient vers Héloïse.

— Mon supérieur m'a dit qu'aucune de mes lettres n'avait pu être livrée. Je vais tenter encore de vous écrire le plus souvent possible. Mais vous savez que nos lettres doivent être vagues, sinon elles sont censurées.

— Oh, Louis, j'attendrai toutes vos lettres avec impatience. Les recevoir me rassurera sur votre bonne santé.

Héloïse avait tant de choses à dire. Malheureusement, parmi tous ces soldats en conversation avec parents et amis, elle ne trouve pas les mots. Elle aurait aimé que Louis la prenne dans ses bras, mais ce n'est pas l'endroit.

Elle a apporté une petite photo d'elle.

— Ceci vous protégera.

— S'il vous plaît, gardez-moi dans vos prières et je vous garderai dans les miennes.

Une sonnette résonne. Les visiteurs doivent partir. Louis, timidement avec sa main valide, prend les mains d'Héloïse, la regarde intensément dans les yeux et lui dit ainsi tout son attachement. Un baiser rapide est échangé. Et les voilà séparés.

Sur le chemin du retour, Héloïse est triste et heureuse à la fois. Plus ses sentiments envers Louis s'intensifient et plus la peur de le perdre est grande. Malgré tout, cette trop courte visite lui a redonné de l'énergie. *Ma vie ne pourrait qu'être plus belle auprès d'un être cher...*

Chapitre 21

Le Château prussien – Châtellerault, mai 1915

Enfant dans le jardin tu sembles fleur vivante
Un instant dérobé aux parterres du ciel
Tu prodigues la vie au rythme de ta course
Et le jardin, sans toi, ne serait qu'un décor.

— Héloïse C.

Marie-Augustine, Jeanne, Héloïse, Anna ainsi que les épouses d'Éloi et de Léon, Jeanne-Marie et Marthe, sont réunies au salon. Alors qu'elles ont enfin une vie convenable à Nantes, Paul tente de les convaincre de le rejoindre dans le Poitou.

— Cela fait deux mois que j'ai reçu mon ordre de mobilisation et que je suis affecté à l'usine d'armement de Châtellerault. Vous devez me rejoindre dans cette région avec les enfants. Je serai là pour vous.

— Mais c'est beaucoup trop loin et nous sommes bien à Nantes, réplique Marie-Augustine. Nous y avons pris nos habitudes. Héloïse a même trouvé du travail comme modiste dans le grand magasin le plus réputé de la ville.

— Je sais, mais le climat est beaucoup plus doux et lumineux dans le Poitou. Vous y serez bien mieux. L'endroit que je vous destine s'appelle le Château prussien.

— Pourquoi un tel nom ? demande Héloïse.

— Parce qu'il a été construit en 1870, son propriétaire ayant fait fortune en commerçant avec les Allemands.

Marie-Augustine a un mouvement de recul. Paul tâche alors de convaincre et de rassurer tout le monde.

— Il y a une ferme juste à côté, cela nous aidera pour nourrir les petits. Et puis au moins nous serons tous ensemble.

Éloi et Léon-Jules combattent, alors que Léon est prisonnier. Paul est le seul encore en France et il se sent une responsabilité envers toute la famille. Marie-Augustine s'en rend compte et finit par approuver cette idée de déménagement au nom de toutes les autres.

Bref, on se remet en route avec un peu plus de bagages qu'au départ de Lille. Toutefois, les conditions du voyage sont meilleures et seuls deux transferts sont nécessaires pour arriver à destination.

Ainsi, bientôt, tout l'équipage se retrouve devant la grande clôture du Château prussien à quelques kilomètres de Châtellerault. En pénétrant dans le jardin, Héloïse ne voit d'abord que le magnifique magnolia en fleur dont les effluves délicats l'enchantent. Son regard se pose ensuite sur d'imposants sapins aux branches inférieures très basses qui encadrent une belle demeure aux proportions harmonieuses : un petit perron orne la façade et l'on compte trois étages. Sur le côté et à l'arrière, on aperçoit des arbres fruitiers, et derrière une clôture plus basse, on distingue les bâtiments de ferme. Héloïse est tout de suite conquise : quel paradis après les logis étriqués des derniers mois !

— Paul, c'est magnifique ! s'écrie Héloïse.

— Et tu n'as pas tout vu !

— Quelle est cette élévation de terrain ? demande Marie-Augustine.

— C'est là où se trouve la pompe : il faut la manier à la main. Il n'y a pas d'eau courante.

Puis les questions s'enchaînent :

— Et cette cabane à gauche de la pompe ? demande l'une.

— Ce sont les cabinets d'aisances à deux places.

— Et pour s'éclairer ? s'informe une autre.

— Il y a des bougies.

— Et l'hiver, comment se chauffe-t-on ? veut savoir une dernière.

— Avec le bois, il y a des cheminées dans chaque pièce.

— Il nous faudra de bonnes couvertures, conclut Héloïse.

Marie-Augustine, Jeanne, Anna, Marthe et Jeanne-Marie semblent dépitées, mais Héloïse ne veut pas s'attarder à ces détails domestiques.

— Les enfants pourront s'amuser dans le parc. Regardez combien les sapins sont invitants, on pourra jouer à se cacher dans les branches basses. Et derrière le monticule de la pompe, on fera un jardin potager. Puis j'y mettrai des fleurs comme dans notre maison de campagne à Mouvaux. Admirez ces allées ! Venez, les enfants, on va leur donner des noms.

Pierre, Jean, Yvonne, Suzanne, Denise, Léon et Marguerite emboîtent le pas à Héloïse et courent dans le parc avec elle, alors qu'André, le plus jeune, reste dans les bras de sa mère :

— Voici l'allée des Fruits. Oh, ici, regardez, nous l'appellerons l'allée des Tilleuls. Et ici, voyez toutes ces graines qui tombent en tournoyant comme des hélices, ce sera l'allée des Aéroplanes.

Un sourire commence à se dessiner sur les lèvres des mères. De toute évidence, les enfants seront heureux ici. Jeanne, qui était la plus découragée, se rapproche de son mari et lui prend le bras.

— Merci, mon ami, entrons choisir nos chambres.

Chapitre 22

Les œufs – Châtellerault, mai 1915

Le rossignol est prêt, le vent prend sa guitare
Et le chœur des crapauds s'agite dans la mare,
Et l'archet des grillons se tend auprès du sol,
Et l'hirondelle bleue hâte son dernier vol !

— Héloïse C.

Héloïse et les enfants, après leur course folle dans le parc, sont tombés assis sur une grosse souche. Les petits se pressent contre Héloïse et parlent tous ensemble.

— Tante Héloïse, tu vas jouer avec nous tous les jours, promets, demande Denise, l'aînée du haut de ses six ans.

— Oh, on aime tant jouer avec toi, ma tante ! renchérit Pierre qui ne quitte pas sa cousine.

Héloïse sent son cœur fondre de tendresse pour tous ces petits qui comptent sur elle. La jeune femme a un faible pour son filleul André, le troisième de chez Marthe et Léon. Serrer ce garçon contre elle lui fait oublier les absents. D'ailleurs, huit enfants de deux à six ans sont le meilleur remède contre l'angoisse. Leurs cris, leurs pleurs et leurs rires à profusion font reculer les horreurs de la guerre.

Héloïse est soudain tirée de ses réflexions par une voix à l'accent poitevin prononcé.

— Ma belle mademoiselle, avec tous vos marmots, voulez-vous voir les poules? demande la fermière.

«Oui, oui, répondent les petites voix à l'unisson!»

Et voilà la petite troupe debout, suivant en se bousculant la nouvelle venue qui semble aller sur ses soixante-dix ans, mais qui, très vive, pourrait bien être un peu plus jeune malgré sa bouche édentée.

Tous passent par une brèche dans le mur de pierre un peu écroulé tout au fond du parc et chacun repousse ronces et racines du bout du pied. Puis les voilà dans la cour de la ferme. Il y règne une odeur de fumier et certains des petits plissent le nez. Héloïse est enchantée. Des vaches meuglent paisiblement dans la grange. Des poules picorent et courent partout, suivies du coq. Soudain, ce dernier change de direction et se met à courir après Jean, le deuxième fils de Paul, un petit blondinet aux cheveux frisés. Cris et rires, il fait bon se réfugier dans les jupes d'Héloïse. Se trouvent également dans la basse-cour quelques dindons, des chèvres qui broutent, deux moutons et deux chiens qui tournoient et aboient en remuant leur queue.

— Médor, Finette, sages, aux pieds!

— Est-ce qu'on peut les caresser, madame? risque Pierre.

— Attendez qu'ils vous connaissent mieux, mais venez, entrons dans le poulailler.

Les enfants se bousculent à la suite de la fermière, leurs yeux s'habituent à la pénombre et à la moiteur de l'atmosphère. Bientôt, dans les casiers remplis de paille, ici et là, ils aperçoivent des œufs jaunes, des œufs blancs, des œufs tachetés. Ils sont bouche bée! Tous ces œufs! Ils ne se rappellent même plus en avoir mangé.

— Chacun peut ramasser un œuf, permet la fermière. Mais attention, c'est très fragile, surtout quand ils sont encore chauds!

— Peut-on en prendre un pour maman? demande Pierre.

116

— Oui, mais pour vos mamans, ce sera la demoiselle qui va les transporter.

Les petits regardent, choisissent, soupèsent et les voilà chacun avec un œuf qu'ils portent avec plus de précautions que le Saint-Sacrement. Héloïse échange un regard complice avec la fermière : elle vient de se faire une amie. Cette dernière lui prête un panier d'osier où elle place un œuf pour chaque adulte, ainsi que pour le petit Léon, qui n'a que deux ans.

Le retour à la maison est joyeux et les enfants échangent leurs impressions sur les chiens, les poules, le coq et les bouses de vache dans la cour.

Ce soir-là, autour de la grande table, les huit enfants et les sept adultes ont chacun devant eux un œuf à la coque, cuit trois minutes dans l'eau bouillante. La fermière a aussi donné une miche de pain bis que l'on a coupée en mouillettes pour les tremper dans l'œuf. Tous font craquer avec précautions le haut de leur œuf. Silence total. Des bruits de succion se font entendre. Il ne faut pas perdre un gramme du nectar jaune sur le pain. Héloïse ne peut retenir son émotion et essuie une larme. Ce premier œuf frais de la guerre restera gravé dans sa mémoire et celle de tous les membres de sa famille. Réfugiés dans un semi-paradis, ils prennent la mesure de leur chance et pensent aux absents.

Chapitre 23

Permissionnaires – Châtellerault, juillet 1916

Pas une lyre ici ne s'accorde à la mienne,
Pas un écho discret ne cède à mon appel.
Toi, du moins prends pitié de la mélancolie
Ô Muse! Épargne-moi cet affreux abandon.

— Héloïse C.

En ce bel après-midi de juillet 1916, le parc est superbe. Les chaises de jardin sont placées sous le grand cèdre du Liban qui apporte une touche d'ombre. Les petits ont fini leur sieste et tournent autour des adultes en se chamaillant. Les grands sont désœuvrés.

— Tante Héloïse, tante Héloïse, emmène-nous dans la forêt enchantée, demandent à l'unisson Denise, Yvonne, Léon et Pierre, toujours inséparables.

— Oh oui, oh oui, renchérissent les autres petits, Jean, André, Marguerite et Suzanne.

La jeune femme, tranquillement assise à prendre le café avec Étienne Dupont et Gustave Bayard, n'a pas très envie de bouger.

Des amis lui ayant décrit l'accueil toujours généreux des Coulmiers, Étienne, un grand jeune homme blond et timide, à la figure allongée et expressive, est en permission parmi eux depuis deux jours, comme d'autres permissionnaires avant lui. Pour ces soldats meurtris par la guerre, le Château prussien est une étape salutaire.

Gustave, quant à lui, jouit d'un traitement de faveur et demeure en permanence au château. La trentaine avancée, fort et râblé, le sourire vainqueur aux lèvres et l'air assuré, il est l'ami de Paul et travaille avec lui à la manufacture d'armes de Châtellerault.

Pareils à eux-mêmes, les enfants insistent et tirent la jupe d'Héloïse.

— D'accord, d'accord, nous y allons, finit-elle par accepter.

Jean, spontanément, prend la main d'Étienne. Gustave entraîne les grands et le reste de la petite troupe suit Héloïse.

L'air surchauffé embaume les fleurs des champs. Des abeilles bourdonnent. Une légère brise décoiffe.

— Les enfants, l'herbe est haute, il faut surveiller où vous mettez les pieds, prévient Étienne.

— Il peut y avoir des vipères cachées, ou même des serpents, ajoute Gustave.

«J'ai peur, j'ai peur! crient les petites voix.»

— Mais non, avançons les uns derrière les autres, et il n'y aura pas de danger, je vais fermer la marche, explique Héloïse.

Seule à l'arrière de la file, la jeune femme est partagée entre profiter du moment et s'inquiéter pour Louis quelque part au combat sous ce même ciel surchauffé. Elle n'a plus de nouvelles depuis une carte laconique reçue en mai après leur rencontre à Nantes. Elle en vient parfois à se culpabiliser d'être heureuse, ici, en unisson avec la nature et entourée des attentions d'Étienne et de Gustave.

D'ailleurs, quand de jeunes permissionnaires sont à la maison, Héloïse se rend compte qu'elle est le centre d'intérêt. Elle n'en tire pas de vanité, mais cela lui fait du bien de se sentir convoitée. Elle a coiffé la Sainte-Catherine il y a déjà deux ans. En cette période de guerre, elle se sent vieille. Mais aujourd'hui, alors qu'Étienne et Gustave rivalisent de prévenance à son égard, son fardeau s'allège. Étienne, très gai, a tout de suite compris que pour se faire apprécier d'Héloïse, il fallait passer par les enfants. Gustave, célibataire lui aussi, l'imite, mais n'est pas vraiment à l'aise avec les petits. Entre les deux jeunes hommes, la compétition est forte...

La petite troupe est arrivée dans la clairière qui précède la forêt enchantée. Aussitôt s'amorce une partie de colin-maillard. Chacun son tour, un enfant, les yeux bandés, est placé au milieu du cercle des autres joueurs. Le petit doit attraper quelqu'un avec les mains et deviner qui c'est. Tous les enfants participent. Pierre, tout à coup, s'adresse à Héloïse.

— Tante Héloïse, tante Héloïse, à toi maintenant.

— Voyons, Pierre, je suis bien trop grande !

« Mais non, ma tante », reprennent en chœur les enfants.

Héloïse se trouve donc les yeux bandés et la joyeuse troupe tourne autour d'elle avec des cris de joie.

— Héloïse, tu es trop grande, baisse-toi pour nous attraper, lance un des gamins.

Héloïse se penche et avance, les bras tendus devant elle. C'est alors que, d'un commun accord, les enfants poussent Étienne pour qu'Héloïse l'attrape. La jeune femme, un peu gênée, se rend compte que le corps entre ses mains n'est pas celui d'un enfant. Elle a un mouvement de recul et Gustave, sans bruit, mais sans ménagement, s'interpose pour se mettre à la place d'Étienne qui se retrouve assis par terre. Les enfants trouvent ça très drôle. Héloïse ne s'aperçoit pas de la substitution, mais elle ne poursuit pas son exploration et retire son bandeau. Sourire timide d'Étienne, visage triomphant de Gustave.

La magie brisée, il faut rentrer.

Durant le reste de l'après-midi, Héloïse ressent un malaise. Toutefois, le dîner se déroule dans la sérénité. À table, on parle du Nord dévasté et on évoque les privations de ceux qui y sont restés. Paul n'a que très peu de nouvelles de ses beaux-parents et de ses beaux-frères et belles-sœurs. En fin de soirée, l'air devient de plus en plus lourd, annonçant un orage. Chacun part se coucher. Les soldats de passage ont une chambre assignée dans un demi-sous-sol du château. Gustave a sa chambre personnelle au dernier étage sous les combles, juste au-dessus de celle d'Héloïse. Vers deux heures du matin, les éclairs sont effrayants. Il ne pleut pas, mais le tonnerre cogne, rappelant étrangement un bombardement.

Tout à coup, Héloïse pousse un cri perçant.

— Au secours, au secours! Il y a une boule de feu dans ma chambre!

La foudre est tombée sur une des poutres de la pièce. La jeune femme est pétrifiée.

Gustave accourt. Voyant Héloïse immobile, il la prend dans ses bras. Sous le coup de l'émotion, elle se laisse faire. Il profite alors de la situation pour lui caresser le dos, le visage et l'embrasser.

— Mademoiselle Héloïse, cela fait si longtemps que j'attends ce moment...

La jeune femme se ressaisit et se débat. Gustave desserre son étreinte.

— Je ne vous aime pas, Gustave, vous me poursuivez sans cesse. Je n'ai aucune attirance envers vous. Laissez-moi tranquille une fois pour toutes!

Gustave recule. Enfin, le reste de la famille accourt et constate les dégâts laissés par la foudre dans la chambre d'Héloïse. Celle-ci va terminer la nuit dans la chambre des petits qui ne se sont pas réveillés. Le lendemain, Étienne ne paraît pas au petit déjeuner. Il est parti tôt ce matin sous les protestations des enfants qui lui ont fait promettre de revenir. Gustave est également absent. Paul annonce que son ami a été invité par un parent du côté de Châtellerault et qu'il n'habitera plus au château.

Héloïse est soulagée. Elle se rend compte que, même si elle ne voulait pas l'admettre, Gustave lui faisait une cour discrète, mais assidue. Il était impossible de l'ignorer plus longtemps. Par ailleurs, elle préfère nettement les regards plus respectueux des jeunes soldats qui lui rappellent Louis, mais qui ne tentent pas de la séduire.

L'avant-midi se déroule doucement. Les activités incessantes et la gaieté des enfants prennent toute la place. Toutefois, le soir, lorsque tout redevient trop calme, les angoisses de la jeune fille resurgissent. Léon, prisonnier, est-il bien traité? Est-il en contact avec Henri Dufebvre? Louis donnera-t-il signe de vie? Tant de questions sans réponses... La jeune femme ne peut qu'adresser de ferventes prières au ciel et à son frère Jean pour qu'ils protègent tous ceux qu'elle aime.

Chapitre 24

Disparu (« Missing ») – Châtellerault, octobre 1917

Nos rêves les plus beaux du monde,
S'en vont mourir au sein de l'onde
Moi je voudrais sans amertume croire
Que tout n'est pas fini.

— Héloïse C.

Héloïse est contente ce matin. Elle compte bien profiter de l'automne et de toutes ces belles journées où l'or des feuilles contraste avec le bleu profond du ciel dans lequel s'effilochent quelques nuages. Il est onze heures quinze et, comme chaque jour à cette heure, la jeune femme attend le facteur à l'extérieur de la grille du château.

Hier, elle a reçu une carte bleue et rouge[7] : « correspondance des armées de la République, carte en franchise : réponse du militaire, avec une petite note au bas : ne donner

---

7. Le courrier des armées était codé pour assurer une censure militaire, mais il était encouragé pour maintenir le moral des troupes et des civils. La franchise postale est instaurée entre les soldats et leurs familles dès 1914.

aucun renseignement sur les opérations militaires passées ou futures».

La missive signée Henri Dufebvre était brève :

«Chère Héloïse,

J'ai bien reçu votre jolie carte et le gâteau aux fruits dans sa boîte métallique. À votre demande, j'ai fait des recherches concernant votre ami Louis. Je l'ai retrouvé à (texte barré de noir) et j'ai pu partager ce gâteau avec lui. Il me charge de vous envoyer son souvenir affectueux. »

Ainsi, une seule carte avait suffi pour la rassurer sur le sort de ses deux amis.

Comme ces nouvelles sont réconfortantes ! Encore aujourd'hui, elle s'en réjouit et se surprend à voir l'avenir sous un meilleur jour. Mais voilà le facteur qui arrive... Le vieil homme, tout noué, l'échine courbée, suant et soufflant sur sa bicyclette, peste comme toujours contre ses rhumatismes. Le pauvre devrait être en retraite depuis longtemps, mais il n'y a pas de relève en ce moment.

— Bonjour, monsieur Ernest ! Une carte pour moi ce matin ?

Le facteur baisse la tête avec un air navré.

— Monsieur Ernest, que se passe-t-il ? S'il vous plaît, ne me laissez pas dans l'incertitude !

Lentement, le facteur descend de son vélo, relève la tête et, sans regarder la jeune femme, il fouille dans sa sacoche.

— Voilà, mademoiselle, je suis désolé.

Héloïse reconnaît sa propre carte : correspondance spéciale pour les armées, adressée à Louis Cherrier, vingt-deuxième régiment de Sa Majesté.

Le nom de Louis est barré d'une grande croix noire, avec la mention : «Disparu-Missing, retour à l'expéditeur. »

La tête d'Héloïse se met à tourner. Le facteur a tout juste le temps de la soutenir avant qu'elle ne s'effondre. En lui-même, il songe : *Pourquoi une si mauvaise nouvelle par une si belle journée ? Que cette guerre est injuste !*

* * *

Prévenue, Marie-Augustine s'est empressée d'aider sa fille à se coucher. Elle est restée à son chevet jusqu'à ce qu'Héloïse s'endorme à bout de larmes. Les longs cheveux blonds de la jeune femme sont détachés sur l'oreiller et sa figure reprend peu à peu un semblant de sérénité. Marie-Augustine est triste. Toutefois, elle sait que sa fille parviendra à surmonter cette nouvelle épreuve.

Héloïse prend la main de sa mère, mais n'ouvre pas les yeux.

— Maman, est-il normal d'avoir si mal quand on aime ?

— Oui, ma chérie.

— Louis avait une place privilégiée dans mon cœur. Une place désormais vide.

Sentant l'empathie de sa mère, Héloïse se confie et raconte comment, graduellement, au fil de leurs rencontres et de leurs conversations, elle a appris à apprécier Louis et à l'aimer.

— Il était comme mon fiancé.

— Vous étiez-vous promis l'un à l'autre ?

— Non, mais je sais que c'était réciproque. Son regard et tout l'amour que j'y lisais ne pouvaient tromper.

— Je comprends, répond Marie-Augustine, ton cœur ne peut te tromper. Avec ton père, j'ai ressenti la même chose. C'est toujours aussi présent en moi, même après toutes ces années et alors qu'il n'est plus avec nous. C'est un grand privilège de connaître l'amour.

— Maman, comment vais-je continuer ? Je suis si fatiguée.

— Héloïse, entends-tu les rires des enfants sous la fenêtre de ta chambre ? La vie continue...

La jeune femme esquisse un sourire.

— Oui. Même si je ne suis plus fiancée, je reste une fille, une sœur et une tante.

— Oui, et tu allèges notre fardeau à tous... Que serions-nous sans toi ? Et tu sais, il y a toujours de l'espoir...

— Je sais...

Chapitre 25

Armistice – Châtellerault,
11 novembre 1918

Là, que m'importerait l'existence éphémère,
L'indifférent dédain des hommes oublieux,
J'écouterai ta voix loin, très loin de la terre,
Et je reparlerai le langage des dieux!

— Héloïse C.

Ce matin, les cloches sonnent à toute volée. Au château, on se pose des questions. L'endroit est assez isolé et les nouvelles n'arrivent pas vite. *Se peut-il qu'on ait enfin une occasion de se réjouir?* espère Héloïse. N'y tenant plus, après avoir prévenu sa mère, la jeune femme attrape la vieille bicyclette qui sert à tous, se couvre et pédale aussi vite qu'elle le peut vers la ville, galvanisée par le son des cloches de toutes les églises de Châtellerault qui sonnent en son âme comme un hymne de joie. Les quelques kilomètres qui la séparent du centre sont vite franchis. Il y a foule et plus elle s'en approche, plus elle voit des badauds s'étreignant et criant leur joie.

— Madame, monsieur, qu'y a-t-il?

— Mademoiselle, réjouissez-vous, c'est l'armistice.

— Les combats sont finis ?

— Oui, nous sommes enfin libérés de cette guerre infernale ! clame un jeune homme appuyé sur des béquilles, sa jambe droite ayant été sectionnée au niveau de sa cuisse.

Héloïse regarde autour d'elle, dans la liesse populaire, elle aperçoit d'autres estropiés dont le visage exprime la joie, mais dont les yeux traduisent l'horreur. Oui, enfin la paix, mais à quel prix ? Ces jeunes hommes parviendront-ils à se remettre de ce qu'ils ont vécu ?

— Soldat, quel était votre régiment ? Auriez-vous vu mon fils du quarante-deuxième dans le nord ? demande une dame anxieusement.

— Madame, il y avait trop de blessés, chacun sauvait sa peau, vous devriez faire des recherches dans les hôpitaux militaires.

Ce mélange de joie et d'inquiétude frappe Héloïse. Elle se rend compte que, malgré certaines épreuves, la guerre a plus ou moins glissé sur sa famille qui, vivant à l'écart, s'est vouée à l'éducation de huit enfants. Bien sûr, les épouses et les mères étaient inquiètes. On a eu des nouvelles sporadiques de Léon, toujours prisonnier, mais pas de nouvelles d'Éloi sur le front du nord ni de Léon-Jules. Quand les reverra-t-on ? Et Louis, porté disparu. Est-il mort ? Le reverra-t-elle un jour ? Il faudra qu'elle se renseigne et fasse des démarches.

Héloïse pose sa bicyclette et se laisse entraîner par la foule qui s'agglutine devant l'hôtel de ville. La fébrilité est palpable. La porte-fenêtre du balcon s'ouvre enfin. Le maire sort et impose le silence :

— Chers soldats blessés, mesdames, messieurs, vos sacrifices n'auront pas été vains : l'armistice est signé ! Cette guerre horrible s'achève, nos enfants partis dans l'enthousiasme patriotique, la fleur au fusil, vont revenir.

« Je sais que certains ne reviendront jamais. La France vous remercie de ces sacrifices qui ont touché toutes nos familles.

« Nous devons nous souvenir, pour que cela ne se reproduise plus, des durs combats livrés par nos soldats, des souffrances qu'ils ont endurées, des morts, des blessés, des invalides, de toutes les victimes de cette guerre. Nous nous tournons aujourd'hui vers tous ceux qui ont pris des risques pour la France : nous rendons hommage à tous les soldats qui ont donné leur vie pour la France. Ensemble, nous nous remettrons au travail pour rebâtir l'avenir. »

Des applaudissements fusent, les gens se félicitent les uns les autres, ou consolent leurs proches.

Il est temps de rentrer et de rapporter la bonne nouvelle à la famille.

Héloïse pédale vigoureusement tout en préparant mentalement la fête qu'elle va organiser avec les enfants pour célébrer ce grand jour. Elle prévoit fabriquer des drapeaux que chaque petit agitera et on entonnera des chants patriotiques.

Un pâle soleil d'automne brille et s'annonce porteur d'espoir pour cette liberté fièrement reconquise.

Chapitre 26

Retour en zone dévastée – Lille, 23 décembre 1918

Châteaux bâtis sur l'or des grèves
La marée atteint vos pignons
Où tremblent d'innocents fanions
Châteaux de sable que nos rêves!

— Héloïse C.

Voilà plus d'un mois que l'armistice a été signé.

Paul ne tient plus en place. Après avoir veillé sur toute la famille pendant quatre ans, il veut maintenant savoir ce qu'il reste de l'entreprise familiale. Il n'est pas homme à s'apitoyer sur son sort. Il est fier d'avoir mis les siens à l'abri du danger et d'avoir permis à tous de manger à leur faim. Les enfants ont grandi, ils sont allés à l'école et ont traversé cette période difficile sans trop de dommages. Mais la guerre est terminée et il n'a plus de patience. La gestion des affaires lui manque. Sa femme essaie de le retenir.

— Paul, il est trop tôt. Il y a peut-être encore du danger là-bas. Que vas-tu trouver?

— Même s'il ne reste plus rien, je dois aller le constater par moi-même.

Le départ est prévu pour le 23 décembre. Paul veut partir seul. Depuis deux jours, Héloïse essaie de le convaincre de l'emmener.

— Je pourrais t'aider, je ferai les recherches avec toi pour retrouver les employés. Je les connais, ce sera plus facile.

— Non. Il n'y a plus d'endroit où loger. Tu dois rester ici.

— Je pourrais aller chez tes beaux-parents. Je suis sûre qu'ils auront une place pour moi à Roubaix.

À force d'insister, Héloïse sent qu'elle gagne du terrain. De guerre lasse, Paul accepte.

Le matin du départ arrive vite. Il ne faut pas se charger, car on ne connaît pas l'état des voies ferrées ni la fréquence des trains.

À Châtellerault, le train pour Paris est en gare. Munis chacun d'un sac léger, Paul et Héloïse montent à bord tout en faisant de grands gestes d'au revoir à toute la famille venue les accompagner.

Paul, qui sait combien le Nord a été privé de nourriture, a emporté cinq livres de beurre, denrée extrêmement rare depuis le début de la guerre au nord de Paris.

Gare d'Austerlitz. Paris ne semble pas avoir trop souffert. La ville n'a pas été occupée ni détruite, seulement pillée. On traverse Paris tant bien que mal pour se rendre jusqu'à la gare du Nord.

Héloïse se remémore ce voyage qu'ils avaient fait en 1906. Son émerveillement d'alors a disparu. Certes, la ville lui plaît encore, mais dans sa mémoire défilent les soldats morts, les blessés, les prisonniers, les familles éprouvées, l'exode des populations. On parle de millions de morts. Bref, ses yeux se sont ouverts, elle n'est plus naïve et sait que le mal et les horreurs de la guerre existent. Pourra-t-elle encore s'émerveiller face aux petits bonheurs simples de la vie ?

Gare du Nord, les départs sont problématiques. La plupart des trains ne circulent pas. Il faut attendre. Peut-être en fin de journée, ou le lendemain. Paul entame des démarches et après beaucoup de palabres, il obtient finalement des billets pour un train omnibus qui s'arrête dans près de quinze localités. Ce train ne se rend pas jusqu'à Lille dont la gare est, semble-t-il, détruite. Le terminus est donc Saint-André, dans la banlieue.

Ce n'est que tard en soirée que Paul et Héloïse arrivent enfin à Saint-André. Surprise : leur cousine Marie Catrice les attend.

— Paul, Héloïse, comme je suis contente de vous voir !

— Marie, comment as-tu su que nous arrivions ?

— Il ne faut jamais sous-estimer le bouche-à-oreille, cher cousin. Il n'y a pas beaucoup de trains qui circulent et je viens régulièrement aux arrivées.

On s'embrasse et, déjà, il faut trouver un moyen de transport pour se rendre jusqu'à Roubaix. Paul semble embarrassé et manipule avec précaution le carton contenant son précieux beurre.

— Voyons, Paul, que transportes-tu avec tant de soin ?

— Cousine, si tu savais !

— Quoi ?

— C'est du beurre !

— Du beurre ? Je ne sais même plus ce que c'est !

— Alors viens avec nous chez mes beaux-parents, propose Paul, nous pourrons tous y goûter. Du moins ce qu'il en reste, car je crois qu'il a fondu en chemin.

Il faut prendre une voiture à cheval et une autre avant d'enfin arriver sur le grand boulevard. Les beaux-parents de Paul, Édouard et Jeanne Boufflers, accueillent le petit groupe à bras ouverts.

— Quelle belle surprise ! Héloïse, tu as tellement changé.

La jeune femme se demande de quelle façon elle a changé, mais se garde bien de commenter.

Tout le monde parle en même temps.

— Comment vont Jeanne et les petits ?

— Très bien, les enfants grandissent et nous avons eu la visite d'Édouard.

— Oui, je sais, ton beau-frère a même construit un poulailler pour ta femme au château. Il nous a dit combien il avait été heureux de cet intermède poitevin.

Un dîner est improvisé et, bien sûr, le beurre qui reste est à l'honneur. Étalé sur des tartines de pain bien frais, c'est un vrai délice. Tout en devisant, Paul remarque que la salle à manger semble intacte avec tous ses objets familiers malgré l'occupation par l'ennemi.

— Monsieur Boufflers, comment avez-vous pu cacher tous ces objets de cuivre pendant la guerre ?

— Il est vrai que les Allemands avaient ce don d'arriver à l'improviste pour réquisitionner tout ce qui ressemblait à du cuivre. Mais vois-tu cette table ? Avec ce grand tapis qui la recouvre, eh bien, tous les objets accrochés en dessous étaient invisibles. Et regarde la cheminée, j'avais installé un système de poulies pour y remonter mes biens les plus précieux et l'argenterie.

— Bravo, cher beau-père, vous n'avez donc jamais eu de problèmes ?

— Non, sauf un jour. Un Allemand faisait mine de s'approcher un peu trop près de ta belle-sœur Marie-Louise. En reculant, elle s'est heurtée à la table qui a commencé à tinter. Il a fallu qu'elle simule une quinte de toux pour éloigner les soupçons.

Sa femme intervient.

— Édouard, te souviens-tu du jour de la rafle ? Marie-Louise était partie au matin à la messe. Les Allemands débarquaient et cherchaient toutes les jeunes femmes pour travailler aux champs dans des villages éloignés. À l'inverse, ils amenaient des jeunes gens d'autres régions ici.

— Nous étions morts d'inquiétude, poursuit Édouard. Grâce à un code que nous partagions entre voisins, Jeanne a fait signe à la voisine qui, elle-même, a fait signe à sa voisine, pour prévenir Marie-Louise de ne pas sortir de l'église.

Ce n'est que vers midi que Marie-Louise s'est risquée à l'extérieur. Les Allemands étaient partis. Elle a été sauvée.

— Ah, mes pauvres parents, que d'inquiétudes! Et quand je pense que, dans le Poitou, nous étions si tranquilles.

Les discussions se poursuivent tard dans la nuit. Édouard et Jeanne racontent avec force détails les privations qu'ils ont subies, les perquisitions incessantes des Allemands à la recherche de nourriture. Les voisins et amis meurtris par la perte d'un être cher, ou le retour d'un enfant estropié et marqué à vie par toutes les horreurs qu'il a vécues.

— Même en ce moment, le ravitaillement est quasi impossible. Jeanne et Marie-Louise passent leurs journées à faire la queue pour obtenir un peu de nourriture rationnée, explique Édouard.

Cette nuit-là, Héloïse ne dort pas beaucoup. Toutes les heures, les carillons des différentes horloges de la maison sonnent à tous les étages.

La jeune femme avait oublié ces sons de son enfance : il y avait des horloges semblables chez son père. D'un côté, ça la réconforte. Et d'un autre, ça la rend très nostalgique.

Huit heures du matin. Paul et Héloïse sont prêts pour aller vérifier l'état de leur édifice de la rue Esquermoise à Lille. Trouver un moyen de transport reste difficile. À partir de la gare de Lille, le frère et la sœur constatent l'ampleur des dégâts et le nombre de demeures en ruine. Paul paraît anxieux, mais Héloïse discerne aussi une certaine euphorie chez son frère qui espère retrouver au plus vite les activités pour lesquelles il a tant sacrifié.

Ils arrivent tant bien que mal jusqu'à la rue Esquermoise qui semble en bon état. Surprise et émue, Héloïse découvre que son appartement est à peu près intact.

— Paul, comment cela est-il possible ?

— Sans doute notre concierge a-t-il fait le nécessaire.

Laissant Héloïse à son appartement, Paul se précipite dans le bâtiment commercial. Il parcourt les étages, se rend dans les entrepôts et dans les salles de démonstration. Il appelle Héloïse :

— Il n'y a plus rien, tout est vide ! Où donc sont passés tous les pianos et les autres marchandises ?

— Je l'ignore. Quelle désolation ! s'exclame Héloïse.

— Regarde ces murs vandalisés, ces gravats !

— Que va-t-on faire ? demande Héloïse plutôt découragée.

— Allons, allons... Tout n'est pas perdu. Le bâtiment est encore debout. Commençons par faire notre enquête dans les alentours et par nous rendre au commissariat de police du quartier, déclare Paul en rassemblant son courage.

Sur place, on leur signale un homme qu'on a vu rôder près du magasin. Cette personne a été repérée dans un café du coin. Accompagnés de deux officiers de police, Paul et Héloïse s'y rendent et reconnaissent immédiatement un employé du service de manutention. Ce dernier tient une valise bien serrée dans ses mains et semble très mal à l'aise dès qu'il aperçoit Paul et sa sœur. Il les salue brièvement et fait mine de sortir. Aussitôt, les deux officiers de police s'interposent et saisissent la valise. Ouverte, elle contient cinquante mille francs en grosses coupures. Au poste, l'employé est interrogé et finit par avouer qu'il a vendu tout ce qu'il a pu.

Paul parlemente avec les officiers.

— Monsieur Coulmiers, cette affaire va prendre du temps. Nous allons ouvrir une enquête. Repassez demain.

Paul a la mine basse quand il quitte le commissariat :

— Ce serait un miracle de toucher ne serait-ce qu'une partie de cet argent.

Après une pause, il se redresse et ajoute :

— Héloïse, nous ne devons pas compter sur cet argent. Mettons-nous au travail pour retrouver les pianos que nous avions loués à nos anciens clients.

— Bien sûr, je vais t'aider, acquiesce Héloïse.

* * *

De retour à son appartement, Héloïse le parcourt avec nostalgie. Le meuble offert par Jean est intact et la photo de son frère y trône bien en évidence.

La jeune femme y voit un signe : elle pourra revenir à Lille avec sa mère.

Il leur faudra reconstruire leur vie et faire face à tout ce qui les attend. Il lui semble que Paul la traite plus en égal qu'avant la guerre et cela la réconforte. Va-t-elle enfin pouvoir jouer un rôle marqué auprès de ses frères ?

Chapitre 27

Un nouveau départ – Lille, février 1919

Il faut saisir au vol l'aube d'un clair matin.
Trop tôt viendra le soir qui te paraît lointain,
Trop tôt viendra l'hiver au triste paysage.

— Héloïse C.

Voilà deux mois que la mère et la fille sont de retour à Lille. Il fait très froid dans leur appartement de la rue Esquermoise. Quatre ans dans le Poitou leur ont fait oublier l'humidité de l'hiver dans le Nord. Ici, pas de combustible à mettre dans le poêle à bois. C'est encore la pénurie. Alors qu'elles étaient dans le Poitou, Héloïse et Marie-Augustine avaient rêvé de ce moment où elles retrouveraient leur intimité. L'exil avec toute la famille leur paraissait parfois pesant. Mais maintenant, elles ressentent un grand vide.

— Crois-tu que tous sont bien rentrés, Héloïse ?

— Je ne sais pas. J'espère qu'Éloi sera démobilisé rapidement pour rejoindre Jeanne-Marie dans la maison de Tourcoing.

— Je ne pense pas qu'ils iront tout de suite à Tourcoing, Paul m'a dit que la maison familiale a été entièrement pillée,

141

la partie commerciale et l'atelier ont aussi été vidés, et le coffre-fort a été forcé. Cela prendra du temps à réaménager.

— Maman, je m'ennuie de mon filleul si attachant.

— Voyons, Héloïse, tu le verras souvent. Léon a été libéré. Il transite par la Suisse où Marthe et ses trois enfants l'y ont rejoint. Dès leur retour, ils vont réintégrer la rue du Curé Saint-Étienne tout près de nous.

— Pensez-vous que Paul et Jeanne se réhabituent à Mouvaux? La maison était vraiment en piteux état quand j'y suis allée avec Paul.

— Je n'ai pas de craintes pour ton frère. Il est de nature optimiste. Ce sera plus difficile pour Jeanne. Il faudra que tu essaies de la soutenir.

— Entendu, maman. Quand Anna, Jules et Marguerite reviendront-ils d'Argenteuil?

— La banlieue de Paris n'est pas si loin : ils nous rendront bientôt visite.

La discussion se poursuit à bâtons rompus, la mère et la fille se réconfortent mutuellement. Soudain, des pas précipités et deux coups frappés à la porte.

— Paul, quelle bonne surprise!

— Bonjour, maman. Bonjour, Héloïse. Tout va bien. Je suis venu vous parler de nos projets pour la Maison Coulmiers. Héloïse, je vais avoir besoin de toi.

— Bien sûr! Je n'aspire qu'à aider, répond la jeune femme tandis qu'une onde de fierté la parcourt.

Tout le monde passe au salon.

— Alors, voilà la situation : l'inventaire de pianos est au plus bas. Avant la guerre, un employé à la comptabilité avait fait une liste. Héloïse, pourrais-tu m'aider à retrouver cet employé et la liste? Nous pourrions ensuite récupérer les pianos en location chez tous les industriels de la région. Cela ferait déjà un inventaire pour commencer.

Paul n'attend pas la réponse et poursuit :

— Dès que mes frères reviennent, je regarde avec eux comment on peut produire nous-mêmes les pianos. Les villes du Nord comme Dunkerque, Bailleul, Lens, Valenciennes sont presque totalement détruites. À Lille même, le quartier de la gare n'est plus qu'un monceau de ruines. Il y a une grande pénurie de pianos dans notre région et aussi dans la région parisienne.

Héloïse est fascinée par l'énergie que dégage son frère. Déjà, elle imagine cette usine qui sera installée dans les environs de Tourcoing pour la commodité d'accès. Paul parle de travail à la chaîne. Elle a entendu dire que c'est une méthode américaine très efficace.

Paul reprend :

— Notre nouvelle usine aura les procédés de fabrication les plus modernes de toute la France ! Dès que nous serons prêts, je vais contacter la Maison Æolian et les aider à reconquérir le marché français. J'entretiens toujours de très bonnes relations avec monsieur Gired de New York et monsieur Brown de Londres.

L'esprit d'Héloïse vagabonde alors que Paul échafaude ses projets. Elle voit comme en filigrane les pianos sortir automatiquement de l'usine, les représentants sur la route, les clients surgissant dans les salons de démonstration du vingt-quatre, rue Equermoise, le rôle qu'elle pourrait y jouer, l'ampleur des opérations.

Paul la tire de sa rêverie.

— Héloïse, rejoins-nous à dix heures demain dans mon bureau, Éloi et Léon y seront aussi.

Aujourd'hui, Héloïse est vraiment heureuse. Elle a le sentiment de faire partie d'une équipe. Elle attendait ce moment depuis si longtemps !

* * *

Le lendemain, la jeune femme est au rendez-vous et salue avec effusion ses deux frères. Paul, qui a manifestement déjà tout planifié, les fait asseoir et distribue les rôles :

— Je serai à la direction et à la comptabilité. Éloi, tu es responsable de remettre en état le bâtiment commercial de la rue Esquermoise et celui de Tourcoing. Il faudra aussi trouver l'emplacement de l'usine et planifier les opérations. Léon, tu es responsable des ventes et du réseau de distribution. Héloïse, je te confie toute la publicité, les relations avec la presse et l'organisation des concerts. Au printemps, nous recontacterons Æolian et ils pourront constater l'avancement de nos travaux.

Les discussions continuent et les plans se précisent. Héloïse participe activement à cette réunion et ses frères semblent prêter attention à son opinion. Il s'agit d'un changement d'attitude majeur. Évidemment, les temps sont durs et la famille a besoin de chacun de ses membres pour se relever. Par ailleurs, Héloïse s'est avérée essentielle au bon fonctionnement de la vie en communauté à Château prussien, et cela, tous l'ont remarqué.

Chapitre 28

La foire de Paris – Paris, du 10 au 25 mai 1922

Si loin, si loin je vais, que mon cœur s'émiette
Mais soudain je m'arrête,
La fleur au soleil croît
Puis l'oiseau bleu revient et chante au creux d'un toit.

— Héloïse C.

Paul, Éloi, Léon et Héloïse sont descendus dans un petit hôtel en bordure des Champs-Élysées. Ils arpentent les rues à la découverte du quartier. Ils sont là pour l'inauguration de la foire de Paris. Cette foire se tient dans le cadre des grandes expositions universelles et internationales de France, Cours-la-Reine, en bordure des Champs-Élysées, de la place de la Concorde jusqu'au pont Alexandre III. Il y a des entrées sur l'Esplanade des Invalides, sur le Champ-de-Mars et sur l'avenue de La Motte-Picquet.

Les trois frères sont de très belle humeur et devisent, alors qu'Héloïse traîne quelques pas en arrière :

— On dit que l'événement va attirer plus de trois millions de visiteurs, commente Paul tout en regardant avec intérêt la foule bigarrée autour de lui.

— En 1917, il y avait eu huit cent mille visiteurs et en 1920, deux millions, ajoute Léon qui semble ravi de cet intermède dans sa routine.

— Notre pari a été tenu, intervient Éloi avec fierté, en trois ans nous avons réussi à produire des pianos en série.

— C'est grâce à toi, Éloi. Tu as su appliquer correctement les méthodes de Taylor et Ford, commente Paul.

— Tout ceci va favoriser notre souscription publique de la société Coulmiers Frères, remarque Léon. Notre marque est maintenant bien connue en France, je suis certain que nous arriverons à la faire passer au niveau international.

Héloïse ne peut s'empêcher d'avoir un pincement au cœur : les trois frères sont actionnaires à parts égales dans la nouvelle société. Plus rien pour elle, sa sœur ou sa mère. Jean avait bien vu ! Cependant, elle est salariée et joue un rôle actif dans la gestion de la publicité et l'organisation des événements pour la clientèle. Par ailleurs, elle participe aux activités importantes comme ici, à Paris, avec l'aménagement du stand familial pour la foire. *C'est un grand progrès par rapport à mon statut d'avant la guerre,* songe-t-elle.

La jeune femme chasse ses pensées moroses et décide de profiter du moment présent alors que le printemps sied si bien à Paris. Elle laisse les trois frères discuter du stand et continue de marcher à quelques pas derrière eux. Elle s'émerveille des transformations de cette grande ville. Que de changements depuis sa visite du mois de novembre 1906 ! Tout est en effervescence. Ce sont, dit-on, les Années Folles, nouvelle expression désignant l'air du temps. Or, un vent de folie souffle effectivement sur Paris. C'est une autre ville, les bâtiments du grand Haussmann ont été nettoyés. Les transports se sont développés, si bien que voitures, tramways, bicyclettes et piétons se partagent désormais les rues dans un va-et-vient incessant. Les trottoirs sont occupés par les cafés qui y ont installé des tables où les Parisiens discutent, commentent la vie en général, la politique et détaillent les passants. *Comme Jean aurait aimé cette ambiance ! Il aurait certainement voulu faire partie des artistes bohèmes installés à Montmartre,* songe Héloïse tout en laissant errer son regard.

Les arbres fruitiers et les tilleuls sont en fleurs et embaument l'air des Champs-Élysées, couvrant les odeurs produites par les véhicules à moteur. Les passants sont élégants. Les femmes, aux cheveux souvent courts, à la garçonne, portent des robes droites descendant à la mi-mollet et les couleurs de leurs tenues renforcent l'atmosphère de gaieté. On est loin de l'attitude compassée des crinolines, de la torture des corsets, des robes longues et des larges chapeaux.

Héloïse, soudain, a des doutes : la tenue qu'elle a prévu mettre demain est-elle au goût parisien ? Elle a raccourci ses robes, mais ce bricolage n'est pas vraiment de la haute couture. Quant à ses cheveux, ils sont trop longs...

Tant pis... L'important est le rôle qu'on lui a assigné, passer d'un décor cossu à l'autre à l'intérieur du même stand où sont mis en valeur les pianolas, les pianos et les phonographes. Elle devra y interpréter différents morceaux pour le plaisir des visiteurs. Ses frères en profiteront pour expliquer aux spectateurs curieux, clients potentiels, les étapes de la fabrication des pianos Coulmiers dans l'usine moderne de Tourcoing.

* * *

Le lendemain, dix heures. La foule est nombreuse et se presse autour des estrades officielles.

— Monsieur le président de la République et monsieur le ministre du Commerce... annonce le maître de cérémonie.

Les discours vantent la place enviable de la France et la reprise fulgurante de l'industrie et du commerce après les désastres de la guerre. De nouveaux produits et services aident l'économie : l'automobile, l'aviation, la radio, le pétrole, l'électricité. Le président note l'apport des Américains aux nouvelles idées et aux arts. Puis suit un discours du ministre du Commerce. Le représentant du conseil municipal de Paris prend aussi la parole, suivi du

Conseil général de la Seine, de la Chambre de commerce et des grands groupements syndicaux de France. Il semble à Héloïse que ça n'en finit pas. Elle a hâte de retourner dans l'atmosphère feutrée du stand, où elle pourra jouer du piano et faire la démonstration du pianola.

Heureusement, les discours se terminent et, après un mouvement de foule, les visiteurs se répandent comme un fleuve humain dans les allées de la foire.

La matinée est très occupée. Vers une heure, Héloïse passe en revue les morceaux qu'elle jouera plus tard en après-midi. Une voix connue l'interpelle,

— Héloïse, comme je suis content de vous voir!

La jeune femme lève les yeux...

— Henri, quelle heureuse surprise! Je n'avais plus de nouvelles depuis votre rapatriement...

— C'est que j'ai été très malade. J'ai dû me soigner à la montagne.

— Et maintenant, comment allez-vous?

— Beaucoup mieux. Avez-vous des nouvelles de votre ami Louis?

Une ombre passe sur le visage de la jeune femme.

— Hélas non, je sais seulement qu'il a été porté disparu. Il me reste un espoir : on a signalé dans le régiment Royal vingt-deuxième des soldats amnésiques rapatriés au Canada. Je cherche à obtenir l'aide nécessaire pour leur rendre visite.

— Vraiment? Eh bien, je ferai tout en mon pouvoir pour vous assister.

— Merci, Henri. Je vous tiendrai au courant. Et vous, quels sont vos projets?

— J'habite maintenant à Paris et je continue à chanter avec Paul Duman, que vous aviez rencontré à Lille.

— Oui, je me souviens très bien de lui quand vous aviez chanté tous les trois. Vos voix étaient si belles... Ce cher

Jean me manque tellement ! Mais il m'accompagne tous les jours dans toutes mes actions.

Ils font une pause comme pour rendre un hommage discret à Jean. Henri rompt le silence en premier :

— Vos frères semblent avoir très bien réussi ! Quel stand magnifique ! Ces pianos droits et obliques ont des sons extraordinaires et... vous jouez très bien, Héloïse.

— Merci, Henri, votre opinion m'importe beaucoup, bafouille la jeune femme, confuse. Revenez un peu plus tard saluer mes frères. Ils seront contents de vous voir.

Des visiteurs approchent. L'homme et la jeune femme sont obligés de se séparer. Héloïse doit se remettre à jouer et à répondre à toutes les questions sur les nouveaux instruments.

Ce n'est que plus tard en soirée, alors qu'elle est toute courbaturée d'être restée debout durant des heures, que la jeune femme prend le temps de réfléchir aux événements de la journée. Que ressent-elle pour Henri ? Les compliments de ce dernier l'ont toujours fait rougir, mais Louis... Il reste un espoir. Aussi mince soit-il. Le fait est qu'elle ne peut libérer son cœur sans en savoir plus...

Chapitre 29

Un rêve insensé – Lille, fin mai 1922

> *Que j'aimerais partir dans un soir de chimère*
> *Tes yeux cherchant mes yeux, ton*
> *cœur près de mon cœur*
> *Et ta main dirigeant mes pas avec douceur*
> *Vers quelque but obscur, là-bas vers le Mystère.*
>
> — Héloïse C.

Une lettre à la main, Héloïse monte rapidement les escaliers des deux étages qui la conduisent au bureau de Paul. En ce début de printemps, elle se sent pleine d'énergie et d'espoir. Cette lettre est peut-être le maillon qui va lui permettre de poursuivre ses recherches sur Louis, car depuis la bataille d'Arras, en avril 1917, elle a perdu sa trace.

La dernière lettre de Louis avait été envoyée du poste du nord de la France. Plus précisément, l'enveloppe semblait provenir de Vimy, près d'Arras. Sur le coup, ce nom n'avait rien dit à la jeune femme. Mais elle sait maintenant que ce lieu a été le théâtre de batailles sanglantes.

En effet, ce site, dominant la plaine de Lens et fortifié par l'armée allemande, a fait l'objet de multiples attaques infructueuses de la part des armées françaises et britanniques, notamment en 1915. Puis, le 9 avril 1917, quatre divisions canadiennes ont uni leurs forces et sont passées à l'assaut. Or, au prix de plusieurs milliers de morts, ces troupes ont réussi à prendre le contrôle de la crête de Vimy le 14 avril.

Héloïse a déjà fait de nombreuses et infructueuses démarches pour savoir si le nom de Louis Cherrier figurait sur la liste des blessés, ou des morts de ce long combat. Depuis peu, elle cherche plutôt un moyen de se rapprocher du vingt-deuxième régiment. Mais comment faire? Aller au Canada? Cette idée lui paraît insensée. À moins que...

Héloïse frappe quelques coups à la porte de Paul.

— Entrez!

Absorbé dans le livre des comptes, Paul ne lève même pas les yeux sur sa sœur. Cette attitude n'est pas très encourageante, mais Héloïse en a l'habitude. C'est une façon pour son frère d'asseoir son autorité. Elle se lance donc sans gêne:

— Paul, regarde cette lettre: monsieur Gired, le directeur de la maison mère Æolian veut que nous allions visiter ses installations et observer ses méthodes de commercialisation.

Paul lève la tête et, impatienté, réplique:

— Héloïse, voyons, explique-moi pourquoi nous devrions aller à New York. Nous sommes actionnaires d'Æolian France. Ils nous fournissent régulièrement toute l'information dont nous avons besoin sur les nouvelles méthodes de fabrication.

— S'il te plaît, appelle Éloi et Léon, monsieur Gired parle d'une approche révolutionnaire.

Sa curiosité étant piquée, Paul délaisse son livre de comptes et obtempère. Éloi et Léon sont également intrigués.

— Voilà, mes frères, commence Héloïse, les Américains sont passés maîtres pour attirer l'attention du public et leur présenter de nouveaux produits. Ici, pour y parvenir, nous devons contacter un par un nos fidèles clients et clients potentiels pour assurer le succès de nos concerts. Nous devons trouver le moyen de remplir plus facilement les trois cents places de notre salle Æolian de Lille. En Amérique, ils se servent d'un adressographe pour lancer les invitations. J'ai besoin de savoir comment ça fonctionne. En allant à New York, je pourrai comprendre comment ils s'y prennent. Je pourrai discuter avec leurs directeurs artistiques et découvrir des moyens pour augmenter notre visibilité.

— Voyons, Héloïse, réplique Paul, une jeune femme seule ne peut faire ce voyage! C'est à Éloi et Léon de faire cette traversée. D'ailleurs, qui prendrait soin de notre mère si tu t'absentais?

Éloi et Léon voient le visage d'Héloïse se décomposer. Ils connaissent leur sœur. Ils savent qu'elle s'imagine déjà à la proue du transatlantique, appuyée au bastingage et défiant la ville entière du regard, alors que les gratte-ciel de New York pointent à l'horizon.

Héloïse baisse la tête et réfléchit. Elle doit trouver de nouveaux arguments. Se rendre à New York pour l'entreprise familiale lui permettra d'aller au Canada. De savoir enfin... Héloïse s'apprête à intervenir, mais ses trois frères discutent entre eux et elle ne veut pas les interrompre.

Éloi prend la parole:

— Paul, je pense que notre sœur a une très bonne initiative, ses idées sont toujours excellentes et ce serait une bonne occasion de les valider et d'en recueillir d'autres qui nous aideraient.

Léon renchérit:

— Il nous suffit de demander à Marthe d'accompagner Héloïse. Du reste, la famille est assez grande pour que nous puissions nous occuper de maman à tour de rôle.

Paul montre un visage préoccupé et Héloïse, à la perspective d'un voyage avec sa belle-sœur préférée, retient son souffle. Paul regarde ses frères et sa sœur et un sourire se dessine sur ses lèvres. Il prend un malin plaisir à les faire tous languir. Il sait déjà qu'il dira oui.

La réponse tombe : Héloïse partira avec Marthe ! Héloïse saute de joie et remercie ses frères avec effusion. Son rêve le plus insensé va se réaliser ! Aller en Amérique à la recherche de Louis.

Chapitre 30

42ᵉ rue – New York, août 1922

Mais que survienne à l'improviste
Un peu de soleil et d'espoir
La maison rit et le chat danse
Et le branle-bas recommence!

— Héloïse C.

Héloïse et Marthe, très élégantes en robes fluides et manteaux courts, sont obligées de se pincer pour se convaincre qu'elles ne rêvent pas : au son de la sirène, le bateau pénètre dans le port de New York. Une légère brise menace d'emporter leurs chapeaux et, émergeant de la brume, les gratte-ciel se dévoilent à leurs yeux.

L'Amérique! Le pays de tous les possibles, là où tous les Européens rêvent d'aller pour trouver une prospérité que l'on dit immédiate. Reste que pour Héloïse, cette quête est plus personnelle. Ainsi, alors que madame Gired présentera Marthe à la bonne société, Héloïse ira, comme prévu, chez Æolian. Toutefois, le but ultime de la jeune femme est de savoir enfin la vérité : Louis est-il encore vivant? Peut-elle le retrouver?

Héloïse sent que cette quête marque un tournant de sa vie, car si elle a bel et bien réussi à se tailler une place solide au sein de l'entreprise familiale, elle se questionne sur sa vie personnelle. Pourrait-elle fonder une famille ? Et avec qui ? Elle a eu tant de plaisir avec tous ses neveux et nièces au Château prussien, et les petits lui ont si bien rendu tout son amour. Cela lui manque terriblement.

Héloïse a mis Marthe dans la confidence. Alors que cette dernière restera à New York, elle ira au Canada et visitera les trois hôpitaux qu'on lui a recommandés : l'hôpital militaire Sainte-Anne-de-Bellevue, près de Montréal, l'hôpital Saint-François-d'Assise dans la ville de Québec et l'asile de Beauport, près de Québec. Par ailleurs, monsieur Gired, à qui elle a écrit bien avant le départ, a promis de l'aider dans ses démarches.

Bref, Héloïse a traversé un océan en s'accrochant à l'idée que Louis est peut-être toujours vivant et amnésique.

La descente du bateau est plutôt pénible. Les deux voyageuses peinent à franchir les étapes qui suivent, comme le contrôle sanitaire et le contrôle douanier. Enfin, c'est avec soulagement qu'elles posent pied à terre, sentant encore le sol tanguer sous leurs pas. Une foule dense se presse aux abords du transatlantique. Cette arrivée est une attraction que les badauds ne veulent pas manquer. On s'interpelle, on s'invective. Les deux jeunes femmes cherchent leurs bagages, mais impossible de s'approcher de l'endroit qu'on leur a indiqué.

Soudain, une lueur d'espoir. Marthe aperçoit une pancarte indiquant Æolian, tenue à bout de bras par un homme de grande stature, portant un uniforme de chasseur.

— Dirigeons-nous vers lui, Héloïse, il nous aidera pour nos malles.

Héloïse, épuisée par toutes ces émotions et cette foule, ne se fait pas prier.

— Mesdames Coulmiers ? Je suis envoyé par monsieur Gired pour vous accueillir sur notre belle terre d'Amérique.

La suite des événements est rapide et se déroule comme dans un film. L'homme se fraie un chemin jusqu'au dépôt de bagages. Il hèle un employé avec un chariot. Les deux malles sont chargées dans une élégante voiture à moteur.

— C'est une Ford, leur explique leur accompagnateur dans un français approximatif. Bientôt, tous les Américains auront leur voiture...

* * *

Le petit groupe roule dans Manhattan. Héloïse n'a pas assez de ses deux yeux pour tout voir : les façades qui grimpent vers le ciel, les panneaux publicitaires, les beaux immeubles résidentiels et toutes ces voitures à moteur qui circulent sur les larges avenues, se frayant un passage parmi d'élégantes voitures à cheval.

— Mesdames, leur dit leur guide très cérémonieux, nous longeons Central Park. Nous sommes sur la 5ᵉ avenue. Nous voici au bout du parc, la 42ᵉ rue n'est plus très loin.

La voiture s'arrête devant un édifice luxueux d'une quinzaine d'étages. La plaque de bronze bien lustrée de l'entrée annonce «Maison Æolian».

— Monsieur et madame Gired vous attendent au dixième étage.

L'accueil est chaleureux. Monsieur Gired a vieilli, mais ses cheveux blancs lui vont bien. Il n'a pas perdu sa prestance et ses yeux sont toujours aussi vifs et pétillants d'intelligence. Sa femme est élégante, avec un port altier et une chevelure argentée. Elle n'en est pas moins très enjouée et il est agréable de deviser avec elle autour d'une tasse de thé.

— Mesdames, quelles sont vos premières impressions ? demande monsieur Gired.

— Il nous semble qu'il y a une extraordinaire prospérité ici et beaucoup d'optimisme, remarque Héloïse. Les gens sont affables et affairés, la circulation automobile est dense.

— J'ai été frappée par une affiche immense où l'on voit une jolie voiture avec sur le siège avant le père, la mère et un jeune garçon et, à l'arrière, deux jolies petites filles et un chien. Le slogan était : «There is no way like the American way». Je ne connais pas la traduction exacte, concède Marthe, mais il me semble que ça veut dire que tout est mieux en Amérique.

Les Gired sourient et expliquent comment l'Amérique est portée par un véritable boom économique fondé sur l'optimisme et la confiance. Par exemple, les automobiles sont à la portée de la classe moyenne, alors qu'en Europe elles sont réservées à l'élite. Il y a aussi le jazz, la première élection de Miss Amérique et la première remise des Oscars à Hollywood pour récompenser les meilleurs acteurs et les meilleurs films...

— Alfred, ces dames doivent être fatiguées. Je vais leur montrer leurs appartements pour qu'elles puissent nous arriver bien reposées pour le dîner, conclut madame Gired.

Les deux jeunes femmes disposent d'un petit boudoir, d'une grande chambre avec deux lits et de ce qui leur paraît un immense cabinet de toilette : une magnifique baignoire sur pieds y trône et, merveille, il y a l'eau courante. Les deux jeunes femmes prennent plaisir à se faire couler chacune un bain chaud, luxe dont elles ont dû se priver sur le bateau.

Au dîner, deux collaborateurs de monsieur Gired sont présents : monsieur Right, directeur artistique, homme grand et maigre, un peu maniéré, à la mise très soignée, et monsieur Fieldhouse, directeur de la publicité, lui aussi grand, mais beaucoup plus large d'épaules et plus jovial que son confrère. Ils doivent prendre en charge Héloïse dès le lendemain. En attendant, les conversations au repas tournent encore sur les différences entre l'Amérique et l'Europe, puis on aborde les méthodes avant-gardistes employées à Æolian pour tout ce qui touche à la commercialisation des produits. Héloïse se passionne pour le sujet et pose mille questions.

Monsieur Gired lui fait remarquer qu'elle aura toutes les réponses lors de sa visite au siège social, dès le lendemain.

Et pendant qu'Héloïse travaillera, madame Gired emmènera Marthe au Metropolitan Museum of Art, puis chez des amies. Héloïse se joindra à tout ce beau monde le soir venu pour un concert où Paderewski leur sera présenté. Héloïse n'en croit pas ses oreilles : rencontrer Paderewski, ce pianiste aussi renommé en Europe qu'en Amérique.

— Pourrait-on lui offrir de collaborer avec les Coulmiers lors de ses séjours en France ? demande Héloïse.

— Il faudra lui poser la question, répond monsieur Gired.

* * *

Le lendemain, dès neuf heures, Héloïse est au travail. Messieurs Right et Fieldhouse lui montrent les bienfaits des annonces placées dans la presse écrite.

— Mais je pratique déjà cette forme de publicité depuis 1910 ! s'exclame Héloïse. Nous avons signé des partenariats avec les journaux locaux comme *Le Nord Illustré*, *Nord Revue* ou *La Vie lilloise* pour la parution régulière d'encarts publicitaires.

— Mademoiselle, à New York, nous collaborons avec des journaux et magazines publiant à l'échelle nationale. Par ailleurs, nous sélectionnons chacun en fonction d'un public ciblé.

— Je comprends, mais en France, l'espace dans ces hebdomadaires, mensuels ou revues spécialisées, est très coûteux.

— Ce coût est tout aussi élevé ici. C'est pourquoi nous avons également recours à de la publicité à domicile. C'est dans ce cas précis que nous utilisons l'adressographe.

— Je suis précisément ici pour en savoir plus à ce sujet.

— C'est une machine à imprimer munie de petites plaques de zinc sur lesquelles sont inscrites les adresses des individus susceptibles d'acquérir un instrument.

— Et comment vous procurez-vous les adresses ?

— Par nos anciens clients, les visiteurs de nos magasins, les annuaires des quartiers huppés et les professeurs de piano à qui nous donnons une commission.

— C'est très intéressant, monsieur Right, permettez-moi de prendre des notes, dit Héloïse en sortant un carnet et une plume de son sac.

— Bien sûr, mademoiselle. En tant que directeur artistique, j'insiste sur le fait que chaque produit doit être présenté dans un langage touchant le public ciblé, et ce, avec une iconographie adaptée.

Le reste de la journée se passe à regarder tous les types de documents publicitaires utilisés par la maison mère américaine Æolian. Les catalogues, les affiches, les brochures. On s'attarde également aux types d'illustrations : gravures ou dessins, style vestimentaire des personnages, etc. Héloïse constate que tous les individus représentés sont beaux et souriants. Si Héloïse n'est pas tout à fait d'accord avec cette approche de promotion des corps, elle se rend compte de sa très grande efficacité. Déjà, elle pense aux formules qu'elle pourra mettre en pratique dès son retour à Lille.

Vers cinq heures, la porte s'ouvre sur monsieur Gired :

— Mademoiselle Coulmiers, j'espère que votre visite a été instructive. Je vous l'enlève, messieurs, nous avons encore des sujets à traiter.

Héloïse prend congé en remerciant ses hôtes et en promettant de rester en contact avec eux pour se tenir informée des progrès en publicité.

L'homme et la jeune femme se retrouvent dans le corridor.

— Venez avec moi, mademoiselle Coulmiers, ma secrétaire a préparé votre itinéraire pour le Canada. J'espère de tout cœur que vos recherches vont porter leurs fruits.

Tout en se dirigeant vers les bureaux de la direction, monsieur Gired la prévient que, souvent, ces quêtes sont décevantes. La guerre a tué tellement d'espoirs. Évidemment, Héloïse en est déjà bien consciente.

La secrétaire de monsieur Gired, Ginette Côté, un tout petit bout de femme brune, efficace et volubile, lui tend une grosse enveloppe contenant des documents de voyage.

— Mademoiselle, je suis originaire de Saint-Lambert, près de Montréal, et vous n'avez rien à craindre dans le train que nous vous avons réservé. Vous arriverez à Québec en deux jours. Vous passerez une nuit à bord. Vous serez très confortable. Vous traverserez ensuite des contrées magnifiques. Vous verrez sans doute des érables qui deviennent rouges. Ils habillent nos forêts de parures très riches.

— Merci, madame Côté, vos conseils me seront très utiles. Je crois que j'ai trois hôpitaux à visiter.

— Hélas, mademoiselle, nous avons poussé plus avant nos recherches, et le seul hôpital où logent deux patients correspondant à vos critères se trouve à Beauport, près de Québec. Un parent à moi vous attendra à la gare avec une pancarte à votre nom. Il vous y conduira.

Chapitre 31

Le chemin – Beauport, septembre 1922

La fontaine pour moi coulerait en cascade,
Et je m'enivrerais des songes défendus,
Et tu me bercerais comme un enfant malade
Avec des mots secrets, mots jamais entendus.

— Héloïse C.

Héloïse est pleine d'appréhension. Elle voudrait faire vite, mais elle ne peut s'empêcher de ralentir le pas sur le chemin qui la mène à l'entrée de l'hôpital. Du bout de sa botte, elle soulève des feuilles d'un rouge écarlate qui aussitôt s'envolent. Il y a aussi des feuilles d'or au sol. En vérité, elle a devant les yeux toute une symphonie de couleurs éclatantes, magnifiées par le soleil qui joue entre les branches des arbres. Le rouge, le carmin, le pourpre, le vermillon, le jaune et l'ocre vibrent ensemble. Malgré tout, les pensées de la jeune femme sont bien sombres…

Alors qu'elle s'approche des imposants bâtiments de l'hôpital Saint-Michel-Archange de Beauport, son oppression augmente. Les murs sont très élevés, les fenêtres petites et grillagées. Il faut dire que, comme le lui a expliqué le parent de madame Côté venu l'accueillir à Québec, cet établissement s'appelait jusqu'à tout récemment l'Asile des aliénés. Héloïse sait que sa démarche d'aujourd'hui est celle de la dernière chance.

Bientôt, une sœur portière, de grande taille sous sa robe noire recouverte d'une ample blouse blanche, le visage long et sévère, fait entrer la jeune femme. Tout autour d'Héloïse, les religieuses en blouses blanches murmurent afin de ne pas attirer l'attention des patients. La jeune femme choisit donc de se taire et suit en silence la sœur portière dans un dédale de salles où certains malades émettent des cris rauques pendant que d'autres se balancent sur eux-mêmes, les yeux dans le vide. Se peut-il que son Louis, si jeune et si beau, soit parmi ces inconnus morts vivants ?

Finalement, la sœur abandonne Héloïse devant la porte de la mère supérieure. La religieuse, d'un âge certain, toute droite sur sa chaise, la cornette tuyautée bien ajustée autour de sa figure ridée et l'air pincé, la prie de s'asseoir.

— Mademoiselle, sachez qu'il est très rare que nous admettions des visiteurs dans notre asile. Nous comptons sur votre discrétion.

— Bien sûr, ma sœur. Vous n'êtes pas sans savoir la raison de ma présence, j'imagine…

— Je sais, mademoiselle, malheureusement, il vous faudra revenir demain. Les deux patients que nous voulons vous présenter sont en traitement aujourd'hui.

La jeune femme a un mouvement de recul et la déception se lit sur son visage. Elle trouve quand même le courage d'articuler :

— Merci, ma sœur. Mais puis-je bénéficier de votre hospitalité cette nuit ?

— Absolument. Nous allons vous préparer un lit dans la salle des préposées. Vous pouvez aussi vous promener dans le parc, la nature est très belle en ce moment.

Héloïse réussit à se maîtriser et à se composer une attitude sereine. Elle prend congé et la voilà dans le parc. Le chemin s'ouvre devant elle, mais où mène-t-il ? Elle sait bien qu'elle ne doit pas avoir trop d'attentes. Il est probable qu'aucun des patients ne soit Louis. D'ailleurs, si jamais elle le retrouvait, dans quel état serait-il?

Dehors, elle marche dans une splendeur de lumière qui contraste avec les sombres bâtiments laissés derrière elle. L'environnement est magnifique, mais son cœur n'arrive pas à se réjouir. Se peut-il que la nature se joue de ses états d'âme? Pourquoi tant de beauté alors que l'angoisse la ronge? Comme à son habitude depuis tant d'années, elle adresse une supplication à son frère Jean. *Guide-moi sur ce chemin et redonne-moi espoir...*

Chapitre 32

Les salles d'occupation – Beauport, octobre 1922

Si tu savais que le passé demeure
Qu'au moindre bruit j'ai le cœur en éveil
Que dans ma nuit, je frissonne, je pleure,
Tu reviendrais m'apporter le soleil.

— Héloïse C.

La journée s'annonce belle, un rai de lumière filtre à travers le rideau opaque dont les panneaux ne sont pas joints. Héloïse se demande où elle est. Le lit est dur et elle entend quelqu'un remuer près d'elle. Soudain, tout lui revient : le retour de sa promenade après la déception de ne pouvoir rencontrer les deux soldats, un repas léger servi dans la salle à manger des gardiennes, le lit qu'on lui a assigné dans le dortoir du personnel qui loge à l'hôpital pour assurer le service de nuit. Son réveil en pleine nuit alors que des cris stridents ont ameuté ses voisines de chambrée qui se sont précipitées vers les cellules d'isolement. Elle n'a pas pu se rendormir. Les gardiennes parlaient tout bas, comme pour se libérer de ce qu'elles venaient de vivre.

— Décidément, aucune médication ne vient à bout de cette patiente. Où trouve-t-elle la force d'échapper ainsi à sa camisole de force ?

— Je l'ignore. J'ai bien cru que nous n'arriverions jamais à la maîtriser. Demain, nous allons devoir nettoyer les murs. Tout ce sang…

— Chaque fois, elle se jette dessus comme une bête sauvage qui se réveillerait en cage. Es-tu sûre d'avoir bien bouclé ses sangles de contention ?

— Oui, oui. Dors maintenant, demain elle ira peut-être aux bains continus si elle ne se calme pas.

Héloïse s'est tournée et retournée longtemps après que les deux préposées se soient endormies. Enfin, à bout de forces, elle a trouvé un peu de sommeil réparateur. Cet endroit lui fait horreur.

* * *

Elle est maintenant dans la salle des préposés où on lui offre un déjeuner constitué de gruau et de rôties. Bientôt, la mère supérieure fait son entrée, accompagnée d'une sœur infirmière. Celle-ci est de taille moyenne, énergique, avec une figure ronde et bienveillante.

— Sœur Thérèse, vous accompagnerez mademoiselle Coulmiers pour lui faire rencontrer nos deux soldats. Soyez prudente.

La mère supérieure sort et Héloïse se lance :

— Sœur Thérèse, que pouvez-vous me dire sur ces hommes avant que je ne les rencontre ?

— Eh bien, Michel et Jean ont à peu près le même âge. Je dirais environ trente ans. Michel est parfois très agité, alors que Jean est presque toujours amorphe. Nous essayons de leur trouver des occupations qui leur conviennent. Jean est assigné à des tâches à la ferme. Nous irons d'abord le retrouver. Venez…

Héloïse suit sœur Thérèse à l'extérieur et, comme la veille, la vue de la nature si belle en automne la réconforte.

Les deux femmes parcourent environ cent mètres avant d'entrer dans l'étable. Il fait sombre. Au début, Héloïse ne distingue rien, mais est assaillie par les odeurs fortes de fumier et l'atmosphère moite qui l'entoure.

— Jean, je vous présente mademoiselle Coulmiers qui vient vous rendre visite.

Jean grogne un peu et relève la tête de dessous la vache qu'il est en train de traire. Son visage est rond, rouge et comme tuméfié. Il est très corpulent. Héloïse a un mouvement de recul qu'elle dissimule tant bien que mal. Les yeux de l'homme sont éteints et, de tout son être, Héloïse crie intérieurement : *Non, non, ce n'est pas lui !*

Après un moment qui semble une éternité à la jeune femme, sœur Thérèse l'entraîne un peu à l'écart.

— Alors, est-ce lui ?

— Non, mon fiancé était beaucoup plus élancé et son visage était plus mince.

— Très bien. Dans ce cas, allons rencontrer Michel. À cette heure, il doit se trouver à la bibliothèque où il fait du rangement.

À l'intérieur des murs, Héloïse respire de nouveau cette odeur d'éther qui flotte. Partout, des bruits feutrés et des cris étouffés par les murs épais laissent deviner le désespoir de certains pensionnaires.

La jeune femme pénètre dans une salle encombrée où de nombreux livres gisent sur une grande table. D'autres sont disposés sur des étagères sans ordre apparent. Michel est de dos. Le cœur d'Héloïse bondit : elle reconnaît la silhouette, mais Michel se balance d'avant en arrière et ses mouvements sont saccadés. Sœur Thérèse interpelle l'homme qui se retourne. Sa figure est secouée de tics nerveux.

— Michel, cette demoiselle a fait un long voyage pour vous rencontrer.

— Bonjour, Michel, dit Héloïse d'une voix calme dissimulant son trouble profond.

— Que me voulez-vous? Je ne veux voir personne! Allez-vous-en! clame Michel en s'approchant des deux femmes avec une attitude agressive.

L'expression de l'homme est si dure qu'Héloïse a un doute. *Est-ce bien Louis?*

— Je veux juste vous saluer, tente Héloïse.

— Vous n'êtes pas la première qui vient ici. Je ne vous connais pas. Je n'ai pas de famille. Allez-vous-en! Disparaissez!

Héloïse se tourne vers sœur Thérèse qui l'entraîne vers la porte.

— Ne vous offensez pas, il est parfois belliqueux. C'est une mauvaise journée. Il ne se sent bien qu'à l'intérieur des murs et préfère être seul.

— Mais... Il ressemble à Louis. Laissez-moi essayer encore... Je... je... dois savoir.

— Alors, on va y retourner, approuve sœur Thérèse. Cette fois, vous ferez semblant de chercher un livre, mais ne lui adressez pas la parole.

—Savez-vous si la bibliothèque contient le roman *Kim* de Rudyard Kipling?

— Je ne sais pas. Peut-être...

Héloïse avance doucement vers Michel, en levant à peine les talons. L'homme est occupé à déplacer avec vigueur des livres à l'autre bout de la pièce et ne semble pas l'entendre.

La jeune femme s'aperçoit que certains livres sont rangés par ordre alphabétique. Fébrilement, elle cherche dans les K. Rien. Elle reste là, dépitée. Soudain, Michel fonce vers elle, très en colère:

— Je vous ai dit que je ne veux pas être dérangé!

— Je cherche le livre *Kim* de Rudyard Kipling, bafouille Héloïse, très intimidée et confuse.

Michel fait un effort de concentration et son regard se pose sur elle. Héloïse le regarde intensément, l'espoir au cœur. Bientôt, il détourne la tête et, furieux, fait valser au sol le contenu d'un rayonnage entier.

Héloïse recule, les mains plaquées contre sa bouche pour étouffer ses cris de stupeur.

— Allez-vous-en, je ne veux plus jamais vous revoir ! Peu importe qui vous cherchez, il est mort, mort ! lance l'homme en cachant son visage avec un de ses avant-bras, comme s'il était frappé par une lumière trop vive.

Héloïse bat en retraite et se précipite vers la porte que sœur Thérèse a déjà ouverte. Les yeux de la jeune femme sont inondés de larmes. Sœur Thérèse referme la porte et Héloïse se laisse aller à sangloter dans les bras compatissants de la religieuse.

— Mademoiselle, retournez vers les vôtres et chassez Michel de votre esprit. Il a été trop éprouvé et ne se rappelle rien. Il n'est pas votre Louis.

Héloïse se détache de la sœur et baisse la tête.

— Je sais… Louis n'est plus et vient de me faire ses adieux…

Chapitre 33

Retour en France – En mer, octobre 1922

Si tu savais combien fragile et tendre
Mon rêve est là, tout prêt à se briser,
Tu m'aiderais d'un mot à le défendre.
Si tu passais, pourrais-tu refuser?

— Héloïse C.

Héloïse et Marthe sont accoudées au bastingage du luxueux paquebot *S.S. Montcalm* encore à quai au port de Montréal. Elles se sont rejointes la veille à la gare de Montréal, alors que Marthe arrivait de New York.

Une épaisse fumée noire sort de la cheminée du paquebot, mais aussi de celles des remorqueurs qui ont commencé leur ballet autour du majestueux navire. Sur le quai, un groupe de travailleurs halent une péniche. Marthe est émerveillée par le spectacle.

— Héloïse, que se passe-t-il? Tu n'as pas dit un mot depuis que nous nous sommes retrouvées.

— C'est que nous n'avons pas vraiment eu le temps de nous parler.

— Je ne suis pas naïve. C'est ta visite à l'hôpital, n'est-ce pas? Raconte-moi tout. Il faut que tu en parles. Je vois bien que tu as de la peine.

Héloïse reste silencieuse un long moment. Le bateau s'est éloigné et l'on voit maintenant les rives de Montréal dans le lointain avec la silhouette du mont Royal surmonté de sa grande croix qui se découpe, comme estampé sur fond de nuages.

— C'était Louis et ça ne l'était pas. Ou plutôt ça ne l'était plus...

— Oh, Héloïse! Je suis tellement désolée. Ça a dû être horrible, dit Marthe en prenant la jeune femme par les épaules.

— Penses-tu qu'il va guérir?

— Veux-tu qu'il guérisse? Veux-tu vivre ici au Canada? Et s'il n'a pas de famille, comment subviendras-tu à vos besoins?

— Il y a monsieur Gired.

— Voyons, Héloïse, sois réaliste. Louis a été stagiaire de monsieur Gired et il a retrouvé sa trace pour toi. Il ne t'a rien dit, mais je crois qu'il savait. Seulement, il voulait que tu voies par toi-même pour que tu puisses clore ce chapitre de ta vie. Il va falloir que tu oublies, Héloïse. Ta place est en France, près de ta mère et de tes frères. Tu leur es précieuse et tu es jeune encore. Ça ne s'arrête pas ici.

Héloïse ne dit rien, mais des larmes coulent sur ses joues.

Le soir venu, alors que Marthe dort dans leur cabine exiguë, la jeune femme compose un poème.

Le livre oublié

Ce doux nid où nous devions vivre
Est froid comme un tombeau désert,
Pourtant, ce soir, j'ai découvert
Quelque chose... ton dernier livre!

C'est un ami d'encre vêtu,

Vraiment banal en apparence,

Mais chaud encore de ta présence

Et qui me dit : « Te souviens-tu ? »

Comment donc oublier ces heures

Où nous penchions nos fronts unis,

Où pour des songes infinis

Nos âmes quittaient leur demeure ?

Et chaque page se tournant

Rapprochaient nos têtes altières,

Et, dans la table des matières,

Je vois des larmes maintenant.

Ce livre aux allures bénignes

A mis des pièges sous les mots…

Tout notre amour dort les yeux clos…

Dans un hamac entre les lignes.

* * *

Tôt le lendemain matin, Héloïse est sortie de la cabine, laissant Marthe endormie. Elle ressent le besoin de prendre de l'air et de réfléchir encore à tous les événements récents. À trente-trois ans, elle n'est pas vieille, mais n'est plus toute jeune, surtout après ce qu'elle vient de vivre. Elle croyait au plus profond d'elle-même retrouver l'amour de ses vingt ans, mais il semble que le destin en ait décidé autrement. Héloïse se rend compte que, depuis des années, elle a gardé une place pour Louis dans son cœur, se fermant à toute autre rencontre. Elle doit désormais tourner la page. Et puis, il y a son travail. Bien sûr, ses frères sont toujours directifs, en particulier Paul qui pense que tout lui est dû, mais elle est contente d'obtenir leur approbation quand elle mène à bien un projet.

Héloïse soupire. Oui, il faut oublier et se tourner vers l'avenir. D'ailleurs, durant son voyage, elle a acquis beaucoup de compétences qu'elle pourra mettre au service de l'entreprise. Grâce aux nouvelles approches publicitaires «à l'américaine», elle pourra de nouveau contribuer au succès de la Maison Coulmiers. De plus, jamais elle n'oubliera Montréal et New York, si dynamiques, si modernes...

Héloïse en est là dans ses réflexions quand elle entend son nom.

— Mademoiselle Héloïse, me reconnaissez-vous?

Elle se retourne brusquement. Un homme barbu, d'une trentaine d'années, en vêtement de travail, un seau et un balai à la main, est debout devant elle.

— Étienne Dupont! Si je vous reconnais? Bien sûr! Vous êtes venu en permission au Château prussien pendant la guerre!

— C'est bien cela, mademoiselle. Quel plaisir de vous voir!

— Cela fait-il longtemps que vous travaillez pour la compagnie Transatlantique?

— Deux ans, mademoiselle. Comme mon père, je travaillais auparavant pour la compagnie des Mines de Lens.

— Vraiment? C'est en revenant de ces mines que mon frère Jean a dû s'aliter pour ne plus jamais se relever.

— C'est probablement un malheureux hasard, mademoiselle. J'ai moi-même travaillé à la fosse numéro treize sans incident à déplorer. Si je n'y suis pas retourné, c'est que la totalité des vingt-trois puits d'extraction et des douze puits d'aérage ont été dynamités et inondés pendant la guerre. Les Allemands ont même obligé le patron, monsieur Reumaux, à assister au saccage de sa compagnie. Et voilà qu'il a tout reconstruit. Ceci est mon dernier voyage. Les mines rouvrent le mois prochain.

— Vous retournez donc à Lens?

— Oui, mademoiselle. Ma fiancée m'y attend et nous allons nous marier.

Alors Étienne parle tout d'un trait. La compagnie des Mines de Lens a reçu beaucoup d'aide du gouvernement après la guerre. Maintenant, toutes les fosses sont électrifiées et les maisons de mineurs ont été reconstruites. Il décrit avec exaltation les pavillons, à deux ou trois logements, bâtis avec cave, grenier et de spacieuses annexes : buanderie, clapier, volière, remise. Chaque pavillon comprend aussi un jardin où l'on peut faire pousser des légumes. Et il conclut :

— Nous serons très heureux.

L'enthousiasme du jeune homme émeut Héloïse. Mais dans son imaginaire, le travail de la mine est le plus difficile et le plus ingrat qui soit. Elle se représente les gueules noires, comme on appelle les mineurs, remonter des puits, sales, fatigués, le dos courbé.

Étienne voit le visage consterné d'Héloïse.

— Rassurez-vous, mademoiselle, je ne travaillerai pas au fond !

Absorbé par la conversation, Étienne ne voit pas le contremaître arriver et reçoit une taloche pas très amicale derrière la tête.

— Voulez-vous retourner au travail et cesser d'importuner les passagers !

Étienne se frotte la nuque, confus.

— C'est ma faute, monsieur, je posais des questions à ce jeune homme que je connais. Bonne chance, Étienne, dit-elle en s'éloignant pour mettre fin au malaise.

Quand Marthe vient la rejoindre, Héloïse a retrouvé un peu d'optimisme. La rencontre avec Étienne lui a redonné du courage. Malgré les épreuves, la vie n'est pas finie. Héloïse réalise qu'elle est privilégiée et que l'avenir est devant elle. Elle doit se faire confiance et continuer d'avancer comme le fait Étienne, à la mesure de ses moyens.

Chapitre 34

Radio Flandre, une émission spéciale – mars 1923

> *Les gens nerveux*
> *Malgré leurs tourbillons sur terre*
> *Sont moins utiles que tous ceux*
> *Qui font bien ce qu'ils ont à faire.*
>
> — Héloïse C.

Voilà presque six mois qu'Héloïse est de retour en France. Au début, elle a eu beaucoup de mal à reprendre la routine de son travail. Il était difficile pour elle de faire son deuil après avoir si longuement gardé espoir. Ayant senti une certaine mélancolie chez sa sœur, Paul s'est aussitôt affairé à lui soumettre un nouveau défi. Ainsi, une fois l'adressographe convoité mis en place et bien rodé, il lui a donné la responsabilité de Radio Flandre, une innovation qui, de l'avis de tous, donnera de la notoriété à la Maison Coulmiers et lui permettra de mieux communiquer avec le public.

Ce soir, Héloïse gravit rapidement les escaliers qui la mènent sous les combles, vers le studio d'enregistrement, tout en se répétant la petite phrase insidieuse : « C'était mieux avant, à la belle époque des concerts. » Un client important, venu avec toute sa famille, a osé lui faire ce reproche en présence de Paul, et ce, au moment où la salle de démonstration des pianos était bondée. Et voilà que Paul, mécontent, lui demande de répondre à cette critique sur les ondes. Eh bien, c'est ce qu'elle fera !

C'est bientôt l'heure d'entrer en ondes. Héloïse pénètre avec la même appréhension que la veille dans la petite salle de diffusion. Il y trône la curieuse armoire de la taille d'un homme avec toutes sortes de cadrans et de manettes qui l'intimident. Elle reprend son souffle, adresse une prière rapide à son frère Jean, tousse pour s'éclaircir la voix : son rôle est de parler devant un microphone sur pied pour la TSF, la télégraphie sans fil.

Le technicien, affairé et courtois, termine quelques réglages et compte un, deux, trois avec ses doigts avant de lui faire signe :

« Ici Radio Flandre, longueur d'onde 432 mètres. Chers auditeurs, bonsoir ! Je vous laisse quelques secondes pour ajuster votre poste TSF sur les ondes moyennes. Vous pouvez orienter l'antenne ou le cadre situé près du haut-parleur extérieur à votre récepteur. Je m'appelle Héloïse Coulmiers et cette émission vous est offerte par la Maison Coulmiers Frères du vingt-quatre, rue Esquermoise à Lille. Je suis très fière d'animer cette émission spéciale à la suite des commentaires reçus de nos auditeurs : « C'était mieux avant. » Qui de nous n'a jamais entendu cette petite phrase lapidaire ? Chers auditeurs, je peux comprendre que ce moyen de communication représente un changement majeur, mais il s'agit surtout d'une grande innovation. Nous sommes les premiers dans notre belle région du nord de la France à nous adresser à vous ainsi. La radiodiffusion est née en Amérique il y a trois ans, mais à part Paris, le Nord est la seule région à diffuser. Vous regrettez peut-être nos concerts qui se font un peu plus rares ? Rassurez-vous, loin de les éliminer, nous les rendons accessibles avec notre programmation musicale. Restez avec nous et vous ne serez pas déçus ! Ce soir, nous vous faisons entendre la troisième symphonie de Beethoven par l'orchestre symphonique Æolian avec l'un des plus grands virtuoses du piano de notre temps : Ignace Jan Paderewski. Bon concert et retrouvez-nous chaque soir à sept heures dans le confort de votre foyer. »

— Bravo, Héloïse, lui dit Paul une fois qu'elle est hors des ondes. Tu as très bien remis les choses au point. Je te félicite. Je suis également très satisfait des concerts en salle que vous continuez à organiser Léon et toi.

Héloïse rosit sous le compliment. Elle n'en reçoit pas souvent de la part de son frère et c'est d'autant plus apprécié. Il semble qu'un partenariat se soit créé entre elle et ses frères, et elle ne peut que s'en réjouir. Elle aime beaucoup l'activité des concerts à organiser. Pour cela, elle doit entrer en contact avec les autorités musicales de toutes spécialités et s'adjoindre le concours de critiques renommés pour ajouter à la couverture médiatique.

Quand Héloïse ne travaille pas, elle tient compagnie à sa mère et reçoit ses neveux et nièces. Elle aime particuliè-rement initier son filleul de onze ans, André, à la littérature. Ce dernier la vénère et elle adore lui instiller des notions de poésie. D'ailleurs elle est membre de la Société des Gens de Lettres et est en correspondance avec des poètes comme elle. Elle a une vie bien organisée. Que la guerre lui paraît loin ! Elle aimerait rencontrer l'âme sœur, mais elle se passionne pour les activités de publicité, y met toute sa créativité et s'étourdit de travail. Elle remercie le ciel que les années vingt soient une très bonne période pour l'entreprise.

Chapitre 35

Sylvain – Lille, mai 1926

> *Le ciel est d'un bleu de poète*
> *Et dans l'air monte l'alouette*
> *En quelques bonds!*
>
> *Amour! Amour! Ciel plein de charmes*
> *Et puis, la trahison, les larmes,*
> *Et la douleur!*
>
> — Héloïse C.

Comme chaque matin, c'est l'effervescence dans le bureau de la publicité. Héloïse a fort à faire pour coordonner et superviser les activités des sept employées, toutes des jeunes femmes qu'elle a choisies elle-même pour leur créativité et leur sens des affaires.

— Yvette, avez-vous terminé la rédaction de l'article sur le grand pianiste Ignace Jan Paderewski pour *La Croix du Nord*? Vous devez aussi écrire sur ce même thème pour *Nord Revue* et *L'Illustré du Nord*. En plus, vous devez y insérer trois partitions pour piano et chant et une revue de presse.

— Non, mademoiselle, il me reste encore trois paragraphes.

La demande d'Héloïse déclenche une foule d'autres questions :

— Mademoiselle ! l'appelle une jolie blonde aux yeux bleus. L'adressographe est bloqué. Et nous devons envoyer les invitations pour le concert de musique de chambre de la semaine prochaine à la salle Æolian.

— Mademoiselle ! s'interpose une brunette. Il y a un télégramme de monsieur Albert-Jean Legrand de l'Agence septentrionale de Presse. Il veut vous rencontrer à propos des règlements du grand concours des pianos Coulmiers. Vous savez, celui dont nous ferons mention dans un numéro spécial de *L'Illustré du Nord*.

— Mademoiselle, commence une employée à l'air indolent, que dois-je…

Héloïse est obligée d'élever la voix :

— Mesdemoiselles, pas toutes en même temps ! Que chacune vienne me voir à tour de rôle.

Héloïse se rend derrière son bureau et réussit à créer un climat de travail un peu plus ordonné. Les dates de tombée des revues sont mises en priorités. Et alors qu'elle pense pouvoir souffler un peu, Paul, toujours de son pas pressé, fait irruption dans la pièce :

— Héloïse, nous avons besoin de toi pour entraîner Sylvain Decap. C'est notre nouveau représentant pour la région Rhône-Alpes et l'Afrique du Nord.

— Ah bon ? Je ne savais pas que vous vouliez remplacer monsieur Van Wien.

— Non, nous ne le remplaçons pas, il va continuer de circuler à partir de Paris, mais il ne suffit pas à la tâche.

— D'accord, mais je suis assez occupée en ce moment.

— Tu trouveras le temps, j'en suis sûr. C'est toi la mieux placée pour expliquer notre façon de fonctionner et inculquer nos valeurs à ce monsieur Decap.

— Bon, très bien. Et quand commence-t-il ? demande Héloïse qui se sent flattée de cette marque de confiance.

184

— Demain.

— Demain! Mais, il y a notre grand concert Solennité musicale à l'hippodrome lillois avec la cantatrice de Paris et l'orchestre Æolian.

— Eh bien, tu l'y emmèneras, cela fera partie de sa formation.

* * *

Le lendemain, Héloïse a été tellement prise avec les articles à réviser et les derniers détails du concert qu'elle n'a pas eu le loisir de penser à la rencontre avec Sylvain Decap.

Un coup à la porte de son bureau.

— Entrez.

— Bonjour, mademoiselle. Sylvain Decap, ravi de faire votre connaissance.

Héloïse lève les yeux et est toute surprise de voir entrer un bel homme blond, de grande taille, les yeux verts, l'air distingué. Elle reste immobile, on dirait le portrait de son frère Jean. Troublée, elle l'invite à s'asseoir.

— Mademoiselle, j'ai entendu beaucoup de bien sur toutes vos activités de publicité et de radio. Je suis un fervent auditeur de Radio Flandre.

Sylvain remarque le malaise de son interlocutrice et en profite pour créer un climat de confiance. Il s'est renseigné sur Héloïse et sait combien elle aime la littérature et la poésie. Il la fait donc parler de sa passion et le temps passe vite. Bref, la formation prévue n'a pas encore débuté quand l'heure du concert approche.

— Monsieur Decap, je dois aller au concert Solennité musicale que nous avons organisé. Paul me demande de vous y emmener.

— Avec grand plaisir, mademoiselle, j'aimerais beaucoup connaître vos impressions sur les artistes et les morceaux.

— Bien sûr, retrouvons-nous dans trente minutes au rez-de-chaussée, nous partirons tous ensemble.

Dans la voiture de Paul, Sylvain se place stratégiquement à côté d'Héloïse et lui pose de nombreuses questions auxquelles elle répond avec empressement.

* * *

Le lendemain, Héloïse est ravie de commencer la formation de Sylvain. Ce dernier est un auditeur attentif et il apprend vite.

— Mademoiselle, expliquez-moi encore votre philosophie des affaires. Vous êtes vraiment une ambassadrice remarquable pour vos frères.

On frappe à la porte, Léon a besoin d'un document. Prestement, Sylvain s'éloigne d'Héloïse. Durant leurs conversations, il a pris l'habitude de s'approcher d'elle pour lui frôler discrètement le bras. Une fois Léon parti, la conversation reprend et devient plus personnelle. Sylvain parle poésie et Héloïse se révèle intarissable.

Habile et discret, Sylvain mène sa cour sans se faire remarquer des trois frères. Il ne veut pas brûler ses chances d'entrer dans une famille prestigieuse.

Au fil de la semaine de formation, Héloïse est de plus en plus sous le charme. Les deux jeunes gens échangent des livres. Tous les soirs, Sylvain est invité soit chez Paul, soit chez Léon ou Éloi. Héloïse l'y rejoint, toujours coquette et rayonnante. S'ils remarquent quelque chose, les frères se font discrets.

La semaine de formation passe comme l'éclair. Héloïse semble illuminée de l'intérieur et redouble de fougue au travail.

La veille de son départ, Paul convoque Sylvain.

— Monsieur Decap, quelles sont vos premières impressions sur la Maison Coulmiers?

— Je suis enthousiasmé. Votre sœur a été un très bon professeur et m'a initié à toutes les facettes de votre entreprise.

— Pouvez-vous me dire quelles seront les premières démarches de vente que vous entreprendrez?

Sylvain avait anticipé cette question et les étapes qu'il propose satisfont Paul. De plus, il ajoute:

— Je suis très à l'aise avec la clientèle et j'ai déjà voyagé dans les régions que je devrai couvrir, soit l'Algérie, la Tunisie, le Maroc et même le Liban.

Paul le scrute et ne semble rien trouver à redire.

— Je pense que nous allons pouvoir travailler ensemble. Nous allons signer un contrat d'essai de trois mois et nous ferons le point ensuite.

* * *

À regret, Héloïse fait ses adieux à Sylvain à l'abri des regards indiscrets. Ce dernier, prudent, se contente de prendre les mains de la femme qu'il convoite dans les siennes.

— Vous m'êtes très chère, mademoiselle. Puis-je vous écrire?

— Appelez-moi Héloïse. Cela me fera grand plaisir.

— Alors, appelez-moi Sylvain, très chère Héloïse.

* * *

Héloïse guette le facteur tous les jours et les missives passionnées commencent à arriver.

Elle a trente-sept ans et se prend à croire de nouveau à l'amour. Les semaines suivantes, elle est distraite et se fait rappeler à l'ordre par Paul.

— Héloïse, tu n'es plus toi-même depuis quelque temps et ton travail s'en ressent, que se passe-t-il?

Elle hésite.

— Il est sans doute trop tôt pour t'en parler, mais j'ai beaucoup de sentiments pour Sylvain Decap et j'aimerais que ça devienne sérieux.

Paul a un mouvement de recul.

— Mais tu le connais à peine! Veux-tu dire que tu songes à l'épouser?

— Oui, je l'aime.

— Ne sais-tu pas que les apparences peuvent être trompeuses? Il faut au moins savoir d'où vient cet homme. Avant que tu ne t'emballes, je ferai des vérifications...

Héloïse sait qu'il est inutile de protester et elle regrette déjà d'avoir parlé à son frère. Que va-t-il faire? Au fond, peu importe... Elle flotte sur un nuage de bonheur et ne veut pas perdre cette sensation. La dernière fois qu'elle a éprouvé de tels sentiments, c'était avant la guerre avec Louis. Or, le destin a une dette envers elle...

* * *

— Héloïse, j'ai fait mener une enquête discrète sur Sylvain Decap à Lyon, où il réside.

Assis à son bureau face à sa sœur, Paul marque une longue pause.

— Ce n'est pas un homme pour toi! Il entretient deux maîtresses. Tu ne serais pas heureuse!

Après un moment de stupeur, Héloïse se ressaisit vite:

— Ce n'est pas vrai, toi et les autres, vous inventez cela pour que je reste avec vous!

— Héloïse, il est vrai que nous apprécions beaucoup ton travail et que tu nous es devenue indispensable, mais un homme qui n'est pas sérieux ne change pas et même avec une bague au doigt, le naturel reviendrait vite. Et puis, as-tu songé à notre mère? Que deviendrait-elle sans toi?

Trop bouleversée pour répondre, Héloïse quitte la pièce précipitamment.

Elle se réfugie dans sa chambre et pleure à chaudes larmes. Un coup à la porte, sa mère entre et vient s'asseoir près d'elle.

— Ma chère petite fille. Paul m'a tout dit. Sache que je ne te demande pas de rester pour moi et si ce Sylvain avait été digne de toi, je t'aurais encouragée à partir avec joie.

Héloïse ne répond pas. La présence de sa mère la réconforte et elle se blottit dans ses bras. Elle est blessée et il lui faudra du temps pour guérir.

Les jours suivants sont tous ternes et Héloïse a beaucoup de mal à se concentrer sur son travail. Sa mère lui propose d'aller passer quelques jours avec elle à Mouvaux dans la maison de campagne. Là, les conversations avec sa mère, la nature et le grand air aidant, Héloïse redevient plus sereine. La révolte passée, elle se rend compte que de s'unir à un homme, même bon, n'est peut-être pas ce qu'il y aurait de mieux pour elle. Changer sa façon de vivre à son âge et partir loin de sa famille ne serait pas facile.

Un soir où elle va mieux, elle se réfugie dans la poésie.

L'oubli

L'oubli est un manteau d'ombre
Sur quelques moments heureux,
Et tout notre bonheur sombre
Dans ses grands plis silencieux !
C'est un voleur qu'on espère.
Un bourreau qui fait mourir,
Il nous prend notre misère
Et tue chaque souvenir

L'oubli naît dans une larme,
Dans un baiser qu'on attend.
Petit à petit son charme
Nous laisse puis nous reprend.

Cher oubli, viens sur ma route,
Viens et me donne la paix.
Passe vite, prends-moi toute.
Garde mon cœur pour jamais !

Chapitre 36

Une rencontre décisive – Hippodrome lillois, 13 mai 1928

> *Moi je ris de ta suffisance, tout*
> *est relatif sous les cieux:*
> *Chacun se voit avec ses yeux et*
> *se donne son importance!*
>
> — Héloïse C.

La foule se bouscule à l'entrée de l'hippodrome lillois en ce mois de mai 1928. L'engouement pour toute forme d'innovation s'est répandu dans la France entière. L'ambiance est au progrès et à l'optimisme, à l'image de l'effervescence qui règne à Paris dans la culture, les arts et les plaisirs. Les divergences politiques entre l'extrême droite montante et la gauche divisée sont tempérées par une relative aisance économique soutenue par l'apport des colonies.

Héloïse a repris son entrain pour le travail et est maintenant l'associée de ses frères pour toutes les activités qui font avancer l'entreprise. Ce soir, elle accompagne Paul, Éloi et Léon, qui sont très excités, à une conférence intitulée «La musique sans instruments, synthèse musicale des sons, Démonstration».

Elle sent qu'il y a de l'électricité dans l'air et n'est pas sûre de comprendre tous les enjeux de cette innovation.

— Léon, comment se fait-il que ton ami Raymond Durot, que tu m'as présenté comme un violoncelliste réputé de l'orchestre Æolian, ait organisé cette conférence ? questionne-t-elle.

— Mes amis sont pleins de ressources, ma chère sœur ! répond Léon. Je fais confiance au flair de Raymond. Il connaît bien Éloi et s'il a organisé cette conférence à Lille, c'est qu'il y a quelque chose d'intéressant pour nous.

— Exactement, reprend Éloi. Je me suis renseigné sur le conférencier, Armand Tivelet. Il est ingénieur de l'École supérieure d'électricité de Paris et licencié en lettres d'une université italienne. Il a douze ans de moins que moi, est plein d'idées et d'énergie et fait montre d'une grande ouverture d'esprit.

Éloi se lance alors dans un monologue où il parle des derniers développements de ses propres recherches sur les phénomènes vibratoires appliqués à la musique. Il répète combien il est fier des nombreux brevets qu'il a obtenus sur chacune de ses découvertes, notamment de ses brevets sur les automaphones et l'amplification électrique du piano.

— Bien sûr, ajoute Paul, en collaborant avec monsieur Tivelet, il est fort probable que nous pourrons encore innover. Il faudra toutefois que j'évalue la rentabilité de la chose.

Tout en devisant, les trois frères ouvrent un chemin pour Héloïse et eux-mêmes au milieu de la foule de curieux qui se presse aux portes de l'hippodrome lillois.

— Allons vers la gauche, l'acoustique y est meilleure, explique Léon, un habitué de la salle pouvant contenir plus de cinq mille personnes.

La conférence commence et les trois frères sont suspendus aux lèvres d'Armand Tivelet. Ce dernier, sur scène, montre un circuit oscillant classique comportant une bobine de cuivre sur lequel est branché un condensateur et il explique :

— Chers auditeurs, une tension induite dans la bobine charge le condensateur. Ce dernier se décharge en sens inverse et produit une oscillation électrique et je peux couvrir une gamme de trente à quinze mille vibrations par seconde, ce qui correspond à toutes les fréquences audibles. Entendez-vous quelque chose ?

«Non, non. Rien, crie l'auditoire.»

— Ce n'est pas étonnant puisque je produis actuellement une oscillation électrique et non une oscillation sonore.

Il manipule ses équipements et reprend :

— Voilà, je dispose d'un appareil muni d'une membrane métallique attirée et repoussée à chaque cycle : cela s'appelle un haut-parleur !

Armand Tivelet appuie alors sur des touches avec des contacts reliés à des condensateurs de valeurs différentes et fait entendre toutes les notes de la gamme habituelle.

Des exclamations et des questions fusent de la salle.

— Monsieur, pouvez-vous simuler des instruments de musique ?

— Parfaitement, voici le son d'une trompette. Je génère maintenant des sons de plus en plus doux jusqu'à reproduire une flûte. Entendez-vous ?

«Oui, répond la salle.»

Éloi se penche vers ses frères dans un état de grande excitation :

— La synthèse musicale est obtenue ! C'est extraordinaire, je vais pouvoir réaliser un orgue sans tuyaux !

— Magnifique, Éloi, ce serait une façon incroyable de développer notre tout nouveau secteur des orgues.

En effet, même si les Coulmiers connaissent beaucoup de membres du clergé, les ventes d'orgues stagnent. Aussi, une innovation dans la synthèse musicale serait un moyen inespéré de se démarquer dans ce domaine.

Dès la dernière parole prononcée par Armand Tivelet, Éloi, suivi de ses frères et d'Héloïse, se précipite dans la loge de celui-ci.

— Monsieur, je vous félicite de votre présentation, c'est extrêmement intéressant. Je vois beaucoup de potentiel dans votre invention.

— Merci, monsieur Coulmiers, votre réputation vous a précédé. Monsieur Durot m'a expliqué que vous avez passé votre vie à inventer.

— Vous êtes trop aimable !

— J'insiste, je sais que vous avez aussi fait des recherches sur les vibrations sonores nées de l'électricité. Je sais également que vous avez déjà déposé plus de brevets que moi dans le domaine de l'électricité appliquée aux instruments de musique.

— Cher monsieur Tivelet, je n'ai que des louanges sur votre découverte du clavier muet relié à la synthèse des sons. Nos deux champs d'expertise se marieraient parfaitement.

Paul et Léon toussotent. Emporté par ses idées, Éloi les avait oubliés. Il se reprend.

— Mais laissez-moi vous présenter ma famille. Voici mon frère Paul, directeur de notre entreprise. Et voici Léon, responsable de la commercialisation. Et ma sœur Héloïse, qui n'a pas son pareil avec la publicité pour nous attirer des clients.

Éloi explique alors comment les siens ont mis au point un système de représentation dans toute l'Europe pour les pianos, les pianolas et les orgues. Il ajoute que la Maison Coulmiers couvre aussi l'Afrique du Nord et le Liban, et que des ventes ont même été conclues à Hanoi.

— Allons célébrer notre rencontre au restaurant. Vous devez avoir besoin de vous sustenter après une conférence si dynamique, propose Paul.

— Avec plaisir !

Tout de suite, un climat de confiance se crée entre Armand et Éloi. Autour de la table, ils commencent à échafauder toutes sortes de plans appuyés par Paul et Léon. Héloïse participe de loin à la conversation et ne peut s'empêcher de se demander où va les mener cette nouvelle aventure. Il lui semble reconnaître la fébrilité qu'il y avait eu lors du projet des sous-marins, et cela l'inquiète. Sans s'apercevoir de la réserve de leur sœur, à la fin de la soirée, Armand, Éloi et ses deux frères ont refait le monde de la musique.

Chapitre 37

L'orgue électronique – Tourcoing,
mai 1928 à juillet 1929

Le vent furieux prend son balai,
Courez, courez, pauvres nuages
Comme de vrais troupeaux sauvages
Allons nous mêler à la danse
Puisque le vent conduit le bal!

— Héloïse C.

Le lendemain de la conférence, tous quittent Lille de bon matin pour se rendre près de Tourcoing. Une visite est organisée à l'usine de fabrication des orgues, adjacente à l'usine des pianos. Le bâtiment est vaste, il a été modernisé et est très aéré. Paul, enthousiaste, a demandé à Héloïse de les accompagner. Il précède le groupe et se comporte en maître de cérémonie habitué à vanter les mérites des procédés modernes utilisés. Armand, de son regard vif et direct, scrute chaque détail, s'arrête et pose de nombreuses questions auxquelles Éloi s'empresse de répondre lorsque son expertise est requise pour le faire.

— Dites-moi, Éloi, lors de mes expérimentations de synthèse, à basse fréquence, il se produit une sorte de bourdonnement peu musical et désagréable. Bien sûr, je n'en ai pas parlé hier, mais cela est un réel problème.

— Un orgue électronique éliminera tous les inconvénients de l'interférence des harmoniques. Il suffit de produire des courants musicaux ne renfermant que des harmoniques de faible amplitude, explique Éloi. Mettons-nous au travail et je vous promets que d'ici deux mois nous aurons un brevet à déposer.

— Entièrement d'accord. Paul, pouvez-vous nous détacher un technicien spécialisé pour nous seconder dans la réalisation d'un prototype ?

— Avec plaisir, Armand, répond Paul.

— Vous nous montrerez votre oscillateur monophonique et nous construirons un instrument polyphonique d'une soixantaine de notes, ajoute Éloi.

— Mais c'est un travail de titan ! s'exclame Héloïse que tout le monde semble avoir oubliée.

— Bien sûr, réplique Paul un peu agacé. Mais la gloire nous sera assurée après une telle réalisation !

Héloïse se pince les lèvres et ne répond pas.

* * *

Durant les mois qui suivent, Éloi s'active à la rédaction du brevet de l'orgue électronique sur lequel il travaille avec Armand. Héloïse est désolée de constater que tout tourne autour de ce projet. Paul, très déterminé, a même employé de grosses sommes pour la construction du prototype.

Ainsi, le 26 juillet 1929, le brevet d'un orgue électronique est déposé à grands frais, à Paris, au ministère du Commerce et de l'Industrie, sous les noms d'Éloi Coulmiers et d'Armand Tivelet. Les trois frères exultent. Ce brevet leur semble la concrétisation de tout le génie inventif qu'ils s'efforcent de libérer depuis le projet des sous-marins. Il leur semble qu'ils viennent de franchir des pas de géants et ils anticipent déjà fortune et gloire grâce à la fabrication et la commercialisation de cet orgue électronique

Bref, dès le retour à Lille, une réunion est organisée dans le bureau de Paul pour discuter de la suite des choses. Héloïse y assiste avec la conviction qu'elle peinera à placer ne serait-ce qu'un mot. Paul, très fier, prend la parole :

— Comme vous le savez, la présentation du brevet de l'orgue électronique à l'Académie des Sciences de Paris nous a valu une renommée internationale presque immédiate.

— La presse nationale et internationale ne tarit pas d'éloges à notre égard, ajoute Léon.

— Nous devons produire en série et vendre au plus vite, continue Paul.

— Il faut aussi que tous trouvent leur compte dans la structure de notre partenariat, intervient Armand.

Ce dernier commentaire a l'effet d'une douche froide sur les trois frères qui comprennent qu'ils doivent maintenant composer avec une tierce personne. Un moment décontenancé, Paul poursuit :

— Nous devons aussi déposer nos brevets à l'étranger. Il faut continuer les recherches, financer les dépôts et renouvellements de brevets, exploiter commercialement ces brevets et en assurer la promotion. Éloi et Armand, je vous propose que Léon et moi nous joignions à vous dans la constitution d'une nouvelle société à responsabilité limitée.

Armand intervient immédiatement d'un ton tranchant :

— Je suis d'accord pour que vous fassiez partie de la société, mais seuls Éloi et moi devrions en être les gérants.

Paul marque un temps d'arrêt. Hors de question que son rêve de grandeur ne lui échappe.

— D'accord, mais Léon et moi devons être associés, répond Paul. Je suis très connu dans le milieu ecclésiastique depuis la mise en fabrication des orgues en 1920 et je peux vous aider à entrer dans ce marché fermé.

— Alors, nous sommes d'accord, conclut Armand après un court moment de réflexion.

— Comment s'appellera cette société ? demande Léon.

— La Musique Électro-Synthétique.

Après les poignées de main d'usage, les conversations reprennent.

— Je me charge des contacts dans toute la France afin d'organiser des tournées de présentation, précise Léon.

— Armand, nous devrions mettre en commun tous nos brevets concernant l'électricité appliquée à la musique depuis 1925, suggère Éloi.

— Et pourquoi donc ? demande Armand.

— Parce que c'est la Maison Coulmiers Frères qui va fabriquer les orgues à partir de ses usines et que c'est elle qui va en assurer la vente, répond Éloi.

— Vous avez raison, admet Armand, l'exploitation industrielle de brevets ne peut pas faire partie d'une société à responsabilité limitée. Il est donc logique que cette tâche soit confiée à Coulmiers Frères et que nous nous mettions d'accord sur la répartition des profits.

— Paul, quel sera mon rôle dans cette nouvelle société ? demande Héloïse.

— Cette opération est risquée et nous préférons que tu continues à gérer la publicité dans la Maison Coulmiers.

Héloïse, que la présence d'Armand intimide, ne proteste pas. De toute façon, cet excès d'enthousiasme l'insécurise. Elle préfère travailler à la conservation des acquis de l'entreprise du côté des pianos et orgues conventionnels.

* * *

Deux semaines plus tard, les quatre associés se rendent chez Me Bavière, à Douai, et signent les statuts de la nouvelle société. Le nom d'Héloïse n'a même pas été mentionné.

Chapitre 38

Projets – Lille, janvier 1931

Le coucher de soleil a pris des teintes roses,
J'aimerais rêver, demeurant loin du bruit.
La vie me secoue et mon cœur est inquiet.

— Héloïse C.

Héloïse se glisse dans la chambre de sa mère pour vérifier si elle est réveillée.

— Entre, je ne dors pas.

— Comment allez-vous, maman, avec cette bronchite qui vous fatigue tant?

— Beaucoup mieux, assieds-toi et raconte-moi vos projets.

— Les journaux et revues commencent à parler de nos travaux sur l'orgue électronique. Je pense que les dépôts de brevets à l'international nous ont donné une certaine notoriété.

— Oui, mais toi? Penses-tu que ce soit prometteur?

— Il faudra attendre la présentation de l'orgue électronique au mois de juin, à Paris, dans la salle Æolian.

Héloïse explique alors à sa mère que Louis Lumière sera présent ainsi que beaucoup d'autres personnalités du monde scientifique, politique et musical. Elle a déjà commencé à faire la publicité pour cet événement.

— Crois-tu que Paul saura tirer avantage de ses contacts avec le clergé ? demande encore Marie-Augustine.

— Certainement, nos contacts avec le Vatican ont porté fruits. D'ailleurs, le pape Pie X a accordé la croix de Saint-Grégoire à monsieur Tremaine, le fondateur d'Æolian à New York et, comme vous le savez, Paul a été fait Commandeur de l'Ordre de Saint-Sylvestre. Ce n'est pas rien...

Marie-Augustine, que cette reconnaissance officielle pour son fils aîné a remplie de fierté, croit également que toutes les portes sont désormais ouvertes à Paul.

— Après Paris, il y aura une présentation de l'orgue électronique au VIIIe congrès eucharistique international de Lille, présidé par le cardinal Liénard, en juillet, reprend Héloïse.

Marie-Augustine sourit en pensant aux honneurs réservés à Paul. Elle fait une pause pour reprendre son souffle. Même si elle est alitée, elle se tient au courant et reste alerte. Aussi a-t-elle entendu parler de l'effondrement de la Bourse à New York.

— Tes frères ont-ils envisagé les conséquences du Jeudi noir pour la France ? Cela va-t-il affecter le développement de l'orgue électronique ?

— Maman, je crois que mes frères ignorent volontairement tout ce qui pourrait contrecarrer leur projet, répond Héloïse, contente de trouver une oreille attentive et de partager sa propre inquiétude tandis que ses frères font la sourde oreille.

Héloïse montre alors à sa mère une lettre qu'elle a reçue de la fille de monsieur Gired, dans les semaines ayant suivi la chute de la Bourse américaine. Cette dernière y explique que la classe moyenne, ayant eu accès au crédit, s'est mise à acheter massivement des actions à terme. En conséquence, la Bourse a surchauffé et des spéculateurs sans scrupules ont contribué à créer un climat de panique qui a provoqué des ventes massives et l'effondrement que l'on connaît. La lettre décrit les émeutes devant la Bourse de New York, réprimées par la police à cheval. Il y a eu de nombreux suicides d'hommes d'affaires ruinés. Ensuite, la crise boursière a créé un effet domino qui s'est étendu aux banques, puis aux entreprises qui ont fait des licenciements massifs. Finalement, le taux de chômage a monté en flèche et des familles entières ne pouvant payer leur loyer ont été jetées à la rue.

Marie-Augustine se tait. Comme Héloïse, elle sait que ses fils veulent à tout prix développer l'orgue électronique et qu'ils ferment les yeux sur tous les signes de crise en Europe. Questionnés à ce sujet, ces derniers se contentent d'affirmer que tout est différent en France, où l'économie repose sur les petites entreprises et où les capitaux étrangers se font rares. De toute évidence, ils ne veulent pas voir l'agitation sociale créée par la perte du pouvoir d'achat des ouvriers, l'augmentation du chômage et les remous engendrés par le parti communiste qui refuse de s'associer à la gauche modérée. Sans oublier l'extrême droite qui répond de façon musclée aux revendications de la gauche...

— Maman, cette situation me désole un peu plus chaque jour, mais je ne peux que continuer de prêter main-forte à mes frères et espérer qu'ils réussissent.

La mère et la fille se comprennent et se taisent. Elles repensent toutes deux à l'aventure du sous-marin en 1906 où les frères avaient pris trop de risques.

Héloïse sent le besoin de détourner la conversation :

— Maman, y a-t-il quelque chose qui vous ferait plaisir pour vos quatre-vingts ans ?

— Oui, quelque chose me rendrait heureuse. Voilà, je voudrais que tu organises un spectacle avec tous tes neveux et nièces comme tu le faisais dans le Poitou pendant la guerre. Cela peut sembler étrange, mais je m'ennuie souvent du Château prussien. C'était la guerre, mais nous étions tous ensemble.

— Mais maman, les enfants sont grands maintenant. Les aînés ont plus de vingt ans, ils sont majeurs.

— Je suis sûre qu'ils vont être ravis de participer.

Héloïse se tait et réfléchit. Un dérivatif aux sombres perspectives économiques serait le bienvenu. Déjà, elle imagine comment transformer la salle Æolian de Lille en théâtre. Elle pourra aussi composer une pièce où les jeunes raconteront les succès de l'entreprise obtenus jusqu'à maintenant de façon humoristique au moyen d'anecdotes cocasses. Elle pourra aussi parler de l'avenir.

— D'accord, maman, je m'en occupe.

Héloïse est récompensée par le large sourire qui apparaît sur le visage fatigué de sa mère. Marie-Augustine sera au centre de l'attention et Héloïse veillera à ce qu'on n'aborde aucun sujet délicat, comme pour marquer une trêve dans ce qui lui semble être un attelage de chevaux fous lancés à pleine vitesse vers un but incertain.

Chapitre 39

Un départ – Lille, 11 mars 1931

Et toi, pleure le Vent, que ta seule musique
Toujours mélancolique
Sans guérir mon tourment
Hurle, crie aux échos ton accompagnement.

— Héloïse C.

Héloïse est arrivée tôt à l'église Saint-Étienne, paroisse des Coulmiers. Elle s'est installée à l'avant de l'église et attend l'arrivée du cercueil de Marie-Augustine qui sera porté par ses trois frères et trois de ses neveux jusqu'à l'entrée du chœur. Sa sœur et d'autres membres de la famille sont à l'arrière de l'église, sous le porche ; ils serrent des mains. Elle préfère attendre ici, près du chœur, seule, et se souvenir.

Il y a un mois, on fêtait les quatre-vingts ans de sa mère. Peut-être cette dernière sentait-elle sa mort venir ? Raison pour laquelle elle avait réclamé cette grande fête qu'Héloïse avait préparée avec tout son cœur.

Le jour venu, ils avaient été plus de trente : tous ceux du Château prussien, des cousins et des cousines, plus deux garçons nés après la guerre. André, son filleul âgé de dix-sept ans et doué en lettres, l'avait aidée pour la rédaction des saynètes où les dix neveux et nièces intervenaient ensemble ou à tour de rôle. Il y avait eu des fous rires quand Jean et Yvonne avaient imité le Broutteux chantant.

Dors, Min p'tit quinquin,

Min p'tit pouchin,

Min gros rojin

Te m'fras du chagrin

Si te n'dors point ch'qu'à d'main

Puis il y avait eu Léon fils, imitant son père qui faisait la morale à un représentant, et Yvonne et Suzanne imitant leur père Éloi en train de réaliser une nouvelle invention, laissant tout traîner et subissant les foudres de leur mère. Seul Paul n'avait pas été imité.

Et voilà que Marie-Augustine n'est plus. Le vide qu'elle laisse est immense. Après ses amours décevantes avec Sylvain et tous les doutes qu'elle entretient au sujet des projets de ses frères, seule la pensée de sa mère aidait Héloïse à avancer. Comment va-t-elle vivre sans le soutien de sa mère? Pourra-t-elle encore connaître l'amour? N'est-il pas trop tard?

Toute à ses pensées, elle est surprise d'entendre les voix des fidèles maintenant très nombreux dans l'église où tout le monde a fini par prendre place, alors que le cercueil de Marie-Augustine est avancé jusqu'au chœur.

— Pour la vie exemplaire de dame Marie-Augustine Maréchal, veuve de monsieur Paul Coulmiers.

«Miséricordieux Jésus, donnez-lui le repos éternel.»

— Pour toute sa famille ici rassemblée.

«Miséricordieux Jésus, donnez-lui le repos éternel.»

Bientôt, la famille et les amis défilent en faisant le signe de la croix devant le cercueil couvert de fleurs blanches. Marthe serre le bras d'Héloïse.

— Courage, nous allons tous prier pour elle avec toi.

Les neveux préférés d'Héloïse, André et Jean, se placent de chaque côté d'elle sur les chaises d'en avant. Jean, deuxième fils de Paul, lui rappelle son frère dont il porte bien le prénom. Sa présence est un grand réconfort pour elle en cette journée empreinte de solennité.

La cérémonie est splendide. Après la bénédiction finale, deux hommes s'avancent vers le chœur alors qu'Héloïse prie, tête baissée. Elle ne les voit pas arriver. Toutefois, quand les deux magnifiques voix entament l'*Ave Maria* de Gounod, elle reconnaît tout de suite Henri Dufebvre et Paul Duman, les deux amis et partenaires de chant de son frère défunt ! Les voix se répondent et montent, pures et fortes, dans les voûtes de l'église. Quel bel hommage à sa mère et à son frère disparu depuis maintenant dix-huit ans... Héloïse se rassure. Sa mère et son frère se retrouveront là-haut. Et alors que la musique l'emporte, elle remonte le fil du temps et se remémore ses jeunes espérances d'une vie exaltante et pleine d'amour. Il s'est passé tellement de choses depuis ces temps innocents. La guerre, le séjour en Poitou, le voyage en Amérique et au Canda. Il y a eu sa déception et sa peine d'amour, l'expansion des affaires. Puis Sylvain, une autre peine d'amour. Et à présent, la mise au point de l'orgue électronique... Plus que jamais Héloïse sent qu'il lui faut assurer le maintien et le développement des affaires courantes, car nul ne sait où mènera le projet ambitieux de ses frères.

Chapitre 40

Une demande d'aide – Lille, février 1932

N'as-tu pas emporté mon rêve,
Doucement, en catimini,
Alors que j'erre sur la grève,
Les bras tendus vers l'infini ?

— Héloïse C.

Héloïse vient de terminer une démonstration de piano pour un client potentiel et le raccompagne à la porte. Il n'est que seize heures trente, mais il fait déjà noir et elle aperçoit le pavé qui luit sous la pluie. Elle frissonne alors qu'une masse d'air froid s'infiltre à l'intérieur. En plus de son travail dans la publicité et dans la tenue d'activités de promotion comme les concerts, elle doit maintenant assurer les ventes à Lille, la plupart des vendeurs ayant été remerciés pour faire des économies. Par ailleurs, elle n'a plus qu'une personne pour l'aider avec la publicité. Bref, les affaires vont plutôt mal.

Elle s'apprête à refermer vivement la porte lorsqu'elle aperçoit une silhouette ruisselante de pluie qui lui fait signe.

— Mademoiselle Héloïse, c'est Étienne.

— Étienne ? Je ne vous avais pas reconnu, mais que faites-vous ici ?

— J'ai perdu mon travail.

— Entrez vite, mettez-vous au sec et expliquez-moi.

Héloïse se fait remplacer par son adjointe et entraîne Étienne dans le salon de démonstration, à l'étage, où ils pourront discuter. Étienne a la barbe longue, un manteau trempé qui semble élimé et il triture le bord de son chapeau sans forme avec un air gêné.

— Attendez-moi ici. Asseyez-vous, je vais vous préparer un thé bien chaud.

Héloïse, dont l'appartement est toujours attenant au magasin, va chercher du thé et plusieurs tranches de pain avec du beurre et de la confiture. Étienne ne se fait pas prier et dévore ce goûter comme s'il n'avait pas mangé depuis des jours. Héloïse s'installe en face de lui. Il commence alors son récit... Cela fait six mois qu'il est sans emploi. Avec sa femme et leurs deux jeunes enfants, ils ont quitté Lens où il occupait un bon poste dans l'usine de coke. Ils sont maintenant chez la mère de sa femme qui vit dans deux petites pièces et n'a pas beaucoup de ressources.

— Il y a eu des réductions de production et j'ai été le premier touché.

— Comment est-ce possible ? Vous avez charge de famille.

— Oui, mais j'ai également tenté de créer un syndicat d'employés. Mes chefs m'ont donc visé en premier. Mademoiselle, vous devez savoir que la situation dans l'industrie du charbon n'est pas facile. Malgré les promesses d'une vie meilleure après la guerre, les mineurs sont encore exploités et sous-payés. Et c'est la même chose pour l'ensemble des ouvriers. Il y a des chômeurs partout et beaucoup d'agitation sociale. Nos politiciens ne font rien pour nous aider.

— Je sais, dit Héloïse en soupirant. À mots couverts, mes frères avouent que rien n'est facile. Nous avons perdu notre partenaire américain pour les pianos et arrivons à survivre grâce à notre propre production. Mais je suis inquiète.

— Auriez-vous un travail pour moi? lance Étienne sans détours.

— J'aimerais tant vous dire oui, fait tristement Héloïse. Il faut cependant que je demande à mes frères. Je dois vous avouer qu'ils concentrent présentement toutes nos ressources dans l'orgue électronique. Ils dépensent des fortunes pour prendre des brevets dans le monde entier et, ici, nous opérons à effectifs très réduits.

La conversation se poursuit encore quelque temps et Étienne prend congé.

— Merci, mademoiselle, cela m'a beaucoup réconforté de vous parler.

— Hélas, je ne peux pas faire grand-chose de plus. Mais attendez-moi encore un instant, je vais chercher quelques provisions pour votre femme et vos enfants.

Étienne accepte et repart sous la pluie, un gros sac au bras, le dos voûté. Héloïse a la gorge serrée et pense à tout ce que cette génération a déjà subi pendant la guerre. Quelle misère de se retrouver encore dans une situation précaire...

Chapitre 41

Convocations – Lille, juin et novembre 1933

Non, ces châteaux peu résistants
Nos rêves les plus beaux du monde,
S'en vont mourir au sein de l'onde
Surpris par la vague du temps.

— Héloïse C.

Paul, Éloi, Léon et Héloïse sont dans la salle d'attente richement meublée du bureau du directeur de la Société générale à Lille. Héloïse est angoissée, car d'habitude ses frères ne la font pas participer aux réunions financières. Sans compter que Paul a dit qu'ils étaient tous convoqués de façon «impérative et dans les plus brefs délais» par le directeur, monsieur Dufour.

Héloïse ne sait quoi penser et redoute le pire. Elle tente de se rassurer. Ses frères entretiennent encore des rapports cordiaux avec la banque. Elle a remarqué un ralentissement des commandes, certes, mais on ne lui a pas donné un état clair de la situation. Quant à la réunion d'aujourd'hui, Paul lui a simplement expliqué qu'elle devrait donner un compte rendu de toutes les activités de publicité et des succès remportés jusqu'à maintenant...

Monsieur Dufour, un sourire figé sur les lèvres, fait soudain son apparition et les salue. Paul est inquiet. Il connaît bien le directeur qui est normalement très affable et accueillant. Sa froideur actuelle ne lui dit rien de bon.

— Mademoiselle, messieurs, entrez, je vous prie, les invite-t-il d'un geste large devant l'entrée de son bureau.

Après les salutations d'usage, tout le monde s'installe ici et là dans de larges fauteuils. Monsieur Dufour entre alors dans le vif du sujet :

— Messieurs, votre endettement est trop important et je refuse de couvrir plus longtemps votre découvert bancaire.

Silence gêné et stupéfaction.

— Nous comprenons votre point de vue, monsieur Dufour, mais nous sommes ici pour vous donner une version éclairée de la situation, répond Paul. Comme vous le savez, notre découverte de la synthèse musicale appliquée à l'orgue et maintenant au piano orgue a obtenu un vif succès. Notre sœur Héloïse, qui gère toute la publicité, va vous en donner un compte rendu.

Monsieur Dufour affiche un air patient et écoute.

— Monsieur Dufour, comme le mentionne mon frère, nous en sommes à un point décisif de notre histoire et voici à quoi ressemblent nos progrès des dernières années. En 1929, nous avons bâti le prototype de l'automate électronique considéré comme le premier synthétiseur. Les premiers brevets ont été pris, et notre notoriété a beaucoup augmenté. En 1930, mes frères et monsieur Tivelet ont conçu le premier orgue électronique. En 1931, nous avons eu la reconnaissance des scientifiques, des musiciens et du clergé. En 1932, l'orgue du Poste Parisien, station de radio diffusant en France et à l'étranger, nous a assuré la reconnaissance du grand public. La même année, la prestigieuse revue *Science et Vie*, la revue *Le Haut-Parleur* et des publications telle *L'encyclopédie pratique de L'électricité* ont fait notre éloge. Par ailleurs, cette année, en mai, lors de la Foire Internationale de Paris, nous avons reçu le grand prix du Président de la République. Notre popularité est au plus haut. Je vous ai apporté des copies des journaux et des revues dont je vous ai parlé...

Éloi intervient :

— Nos découvertes sont destinées à être exportées et ont été protégées par des brevets dans dix pays : en France, Hollande, Belgique, Allemagne, Angleterre, aux États-Unis, au Canada, en Suisse, en Italie et au Japon. L'orgue électronique est voué à une brillante carrière internationale.

— Nos orgues électroniques déjà en fonction connaissent un immense succès et notre réseau de distribution est bien rodé, ajoute Paul.

Monsieur Dufour lève une main pour demander le silence. Il prend la parole.

— Mademoiselle, messieurs, je suis bien au courant de vos succès et je sais que le milieu des sciences et de la musique ne tarit pas d'éloges à votre égard. Toutefois, j'ai fait mes recherches : vous n'êtes pas sans savoir que la Maison Æolian a de sérieuses difficultés depuis 1929 à cause de la situation aux États-Unis. D'ailleurs, la succursale française dont vous étiez administrateurs et gérants a été fermée l'année dernière. Cela ne vous a-t-il pas mis la puce à l'oreille ?

— Bien sûr, nous avons agi en conséquence et avons liquidé les pianolas, mais vous savez que nous avons notre propre usine de pianos et d'orgues. Nous avons donc continué la fabrication de nos propres modèles.

— Et les commandes pour les produits Coulmiers Frères sont-elles toujours au rendez-vous ?

Léon semble embarrassé.

— Nos vendeurs nous annoncent régulièrement des commandes, mais il est vrai qu'elles sont souvent annulées avant la mise en production. Mais ceci n'est que passager...

— Et comment se comporte la concurrence au niveau des pianos et au niveau des nouveaux appareils de radio ou encore des phonographes?

— La concurrence est certes vive et nous avons dû fermer notre dépôt de Roubaix en 1931 ainsi que notre magasin de Tourcoing en 1932. Nous sommes lucides quant aux difficultés actuelles de l'économie, mais nous pensons vraiment que la percée de l'orgue électronique va nous remettre sur les rails, plaide Paul.

Un long silence s'ensuit au bout duquel monsieur Dufour reprend enfin la parole.

— Oui, vous avez fait une percée technologique, mais les chiffres parlent. Je suis désolé, mais je n'ai d'autres choix que de vous assigner au Tribunal de commerce de Lille pour officialiser un redressement judiciaire de vos finances. Vous devrez dorénavant rendre des comptes à un administrateur judiciaire nommé par le tribunal. Paul, vous serez responsable d'élaborer un plan de redressement pour rembourser vos dettes existantes et prévenir tout nouvel endettement.

Les trois frères et Héloïse restent muets. Ils savent qu'il ne sert à rien de protester et, au fond d'eux-mêmes, ils s'attendaient à ce dénouement. Ainsi, tous prennent congé, et c'est très abattus qu'ils se retrouvent tous les quatre dans le bureau de Paul.

— Penses-tu que nous y arriverons? demande Héloïse à son frère aîné.

Paul reprend contenance et s'adresse aux autres avec un air de défi:

— Bien sûr! Nous allons préparer ce plan de redressement. Nous avons ce qu'il faut pour nous en sortir. Notre orgue surpasse les orgues traditionnels et il a été acclamé par le grand public. Ses possibilités sont illimitées. On peut en décupler la polyphonie et la puissance. De plus, il est de taille réduite et son prix est moindre que celui de l'orgue traditionnel.

— Oui, mais nous avons aussi des détracteurs, avance Héloïse. Nous n'en parlons jamais, mais j'ai côtoyé des journalistes qui mettent en évidence des failles mineures tel le manque de rondeur dans les timbres, surtout dans les graves. Par ailleurs la station de radio, Le Poste Parisien, qui a contribué à nous faire connaître du grand public, nous nuit avec son mauvais son. Certains clients nous disent aussi que la technologie est fragile. Quand les lampes ont trop chauffé, les circuits se dérèglent et il faut refaire une mise au point délicate.

— Tout ceci est perfectible, rétorque Paul. Toutefois, ce qui m'ennuie le plus est l'opinion du président de l'Association des Amis de l'orgue qui a écrit dans la revue *La Vie Catholique* que l'orgue des ondes est un instrument qui amuse au lieu d'inciter à la prière. Toutefois, j'ai prévu m'occuper de ce problème personnellement.

— Moi, je vais m'occuper des problèmes que pose la concurrence des orgues radio synthétique[8] qui sont en train de faire leur apparition tant en France qu'à l'étranger, ajoute Léon. Héloïse, il va falloir redoubler de créativité pour vanter le mérite de l'orgue des ondes, notre orgue électronique original.

Léon explique alors qu'il a entendu dire qu'aux États Unis, l'inventeur Laurens Hammond, qui est aussi horloger de formation, a conçu des roues toniques :

— On les nomme «tone wheels». Elles peuvent être placées dans un orgue électronique sans lampes...

— Nous devons nous serrer les coudes et nous allons gagner la partie, rajoute Éloi.

Héloïse est partagée entre l'optimisme de ses frères et une sourde angoisse. Il lui semble que, depuis le décès de Marie-Augustine, elle est plus que jamais seule face à ses frères. Par ailleurs, elle est lasse de devoir constamment

---

8. Orgues employant des générateurs électroacoustiques dont le signal est envoyé vers des hauts-parleurs via des amplificateurs.

rassurer les employés qui s'inquiètent quand la paye est en retard, ce qui arrive trop souvent, les ventes de pianos et pianolas ayant chuté. *Je vais devoir redoubler d'ardeur au travail pour nous sauver de cette mauvaise passe, mais est-il déjà trop tard ?* se dit-elle.

* * *

Les cinq derniers mois ont été extrêmement éprouvants. Héloïse s'est efforcée de maintenir à bout de bras les activités déclinantes du vingt-quatre, rue Esquermoise. Autour d'elle, de nombreuses boutiques ont fermé leurs portes. Beaucoup de résidants ont également été contraints de déménager, laissant la rue déserte. Les clients se sont faits de plus en plus rares.

De leur côté, Paul, Léon et Éloi se sont concentrés sur l'orgue électronique et ont redoublé leurs efforts pour lui trouver des débouchés. Ainsi, de multiples démarches ont été entreprises en France et à l'étranger pour chercher des partenaires. Le clergé a aussi été contacté. Le tout sans succès. Peu à peu, l'inquiétude est devenue palpable chez les frères. D'autant plus que leur associé, Armand Tivelet, a vite quitté le bateau après avoir compris que trop d'argent était nécessaire pour le renouvellement des brevets, alors que moins de dix orgues avaient été vendus en trois ans et qu'aucune nouvelle commande n'était au rendez-vous.

Et voilà qu'en ce mois de novembre, alors que la pluie et la grisaille minent toutes les énergies, monsieur Dufour convoque encore les Coulmiers à la Banque Nationale de Paris. Cette fois, il n'a même plus un sourire poli aux lèvres.

— Mademoiselle, messieurs, votre plan de redressement judiciaire a échoué. Le Tribunal de commerce de Lille va donc prononcer la mise en liquidation judiciaire de la société Coulmiers Frères dès le mois prochain.

Même si tous s'y attendaient, c'est le choc. Certains détournent le regard, d'autres fixent leurs pieds. Paul rompt le silence.

218

— Monsieur Dufour, ceci peut-il encore attendre ? Noël approche, nous ne pouvons pas mettre nos employés sur la paille en cette saison, plaide-t-il.

— Monsieur Coulmiers, ce serait reculer pour mieux sauter. Il n'y a pas d'autre issue. Tous vos biens doivent être liquidés. Quant à l'immeuble du vingt-quatre, rue Esquermoise et la salle Æolian, ils seront saisis. Vos employés seront au chômage. C'est inéluctable.

En une seconde, Paul perd toute l'assurance qui le caractérise depuis toujours et Héloïse a cette impression qu'il vient de prendre dix ans. L'incrédulité et une amère déception se lisent également sur le visage défait d'Éloi. Lui, l'inventeur, voit son rêve anéanti. Léon se recroqueville sur sa chaise et semble entrer dans un état second.

Héloïse est sous le choc. Son monde s'écroule. Ses frères sont abattus. La compagnie fondée par son père n'est plus. Elle perd aussi sa demeure. De quoi sera fait l'avenir ?

Tout cela n'empêche pas monsieur Dufour de continuer, implacable :

— On ne fermera pas tout de suite l'usine de Tourcoing pour que vous puissiez remplir les dernières commandes de façon à rembourser vos créanciers. Messieurs Coulmiers, j'ai aussi le regret de vous annoncer que vous serez mis en faillite personnelle pour que vos propres biens puissent couvrir votre passif.

C'est le coup de grâce. Personne ne parle. Les trois frères soupèsent les conséquences de la situation sur leurs familles respectives. Comment vont réagir leurs femmes ? Comment vont-ils continuer à subvenir aux besoins des enfants ?

En ayant fini, monsieur Dufour semble maintenant un peu gêné. Doucement, il raccompagne ses visiteurs et les laisse sur le trottoir sans un mot.

Dehors, sous la pluie, le premier à se ressaisir est Paul :

— Nous sommes honnêtes et intègres. Nous allons garder la tête haute. Je m'engage à donner des indemnités de départ à tous mes employés en cette période d'avant

Noël. Je le ferai à même mes fonds personnels et ceux de ma femme.

Éloi approuve, mais Léon est en colère :

— Eh bien, moi, je quitte le Nord. Je ne peux supporter cet échec, cet affront ! Je vais recommencer là où on ne me connaît pas. Adieu ! dit-il en détalant.

Héloïse a un mouvement de recul. Ce départ brise l'unité familiale si chère à leurs parents disparus. Elle va perdre le soutien de Marthe et son cher filleul André va aussi s'éloigner. Que faire ? Elle n'a pas de dettes, mais elle n'aura plus de salaire. Elle a quelques économies, mais elle sait bien qu'elle n'est pas riche. Désormais, elle ne peut compter que sur elle-même.

Chapitre 42

Le Grillon – mai 1935

Le vent se fait léger, c'est un zéphyr qui joue
Et dit, séchant ma joue :
« Je ne puis te blâmer,
Mais, la pire douleur c'est de ne plus aimer ! »

— Héloïse C.

Aujourd'hui est le grand jour. En effet, l'ouverture officielle du « Grillon » est prévue à dix heures ce matin. Héloïse a envoyé, il y a trois semaines, un carton d'invitation à toutes ses connaissances susceptibles d'être intéressées par des œuvres d'art et aussi par des objets de la vie courante tant décoratifs qu'utilitaires de façon à plaire à toutes les bourses.

Elle tourne et retourne le carton dans ses mains et le relit à voix haute :

Invitation

« Madame, Monsieur,

J'ai l'honneur d'attirer votre attention sur la maison que je viens de créer au trente et un, rue Royale à Lille.

J'aspire à vous y recevoir afin de vous présenter les articles dont je dispose, alliant l'art et l'utilité avec un brin de fantaisie. Même s'il n'est pas question pour vous d'un achat immédiat, n'hésitez pas à vous déplacer. Cette démarche de votre part sera pour moi un précieux encouragement.

J'ose espérer la faveur de votre visite et vous prie d'agréer, Madame, Monsieur, l'assurance de mes sentiments distingués.

Héloïse Coulmiers»

Héloïse se questionne : ce carton est-il trop élaboré? Aurait-elle dû le faire plus terre à terre? Les clients vont-ils venir?

Après la dernière convocation à la banque, la famille Coulmiers a semblé vaincue. Cependant, les trois frères, comme d'habitude, se sont relevé les manches et ont fait face, mais chacun de leur côté. Bref, Héloïse est seule. La belle cohésion familiale s'est évanouie. Elle doit voler de ses propres ailes et affronter une liberté à laquelle elle a souvent aspiré sans toutefois y être préparée. Comme elle ne connaît que le commerce, elle a vite songé à développer le sien.

Pour commencer, elle a arpenté la ville et a fini par découvrir un magasin à louer au coin de la rue Royale et de la terrasse Sainte-Catherine. Elle s'est alors remémoré sa visite de ce quartier, avec Jean, il y avait de cela plus de vingt ans, avant leur installation à Lille. Elle a alors relevé la tête et a décidé de garder espoir et optimisme. Puis, dès son installation dans le quartier, elle a complété la poésie commencée autrefois avec son frère :

Terrasse Sainte-Catherine

Quand le soir est bleu, rose, en demi-teintes

La Terrasse prend des airs d'autrefois

Et semble garder, comme en tapinois,

Des grâces éteintes

En toile de fond, près des toits anciens,
Ainsi qu'une aïeule à la mante grise,
Parmi les pignons sommeille l'église
Au milieu des siens.

Elle ouvre les yeux dès que sonne l'heure
Et dit : J'ai dormi, bien plus qu'un matin
Mais, toi, le passant, court est ton destin
Pour Moi, je demeure ...

Si la grosse tour pouvait se pencher,
Elle conterait que la gloire est brève
Et qu'elle a toujours regretté son rêve,
Un simple clocher.

Puis, chaque maison bavarde en voisine,
Les pierres s'en vont branlant au mieux,
Et le bon vieux temps renaît en ces lieux
Que l'ombre patine.

Arrêtons ici notre pas lassé,
Qu'importent au loin les bruits de la ville !
N'effarouchons point ce coin tranquille
Le cœur du passé.

Elle a trouvé ensuite un petit appartement dans la rue d'Angleterre toute proche. Elle a décidé de fonder sa boutique uniquement pour subvenir à ses besoins et lui permettre de cultiver sa passion de l'écriture.

Paul, de son côté, s'est replié sur sa famille et a encouragé Jean, son fils, à poursuivre ses études d'ingénieur qu'il a dû financer seul. Éloi s'est plutôt entêté et a continué à perfectionner son orgue électronique et à déposer des brevets sur les améliorations apportées. Léon a claqué la porte et est parti avec toute sa famille vivre à Poitiers où il est devenu agent commercial dans une entreprise radio électrique.

Heureusement que maman n'a pas vu cela, pense Héloïse en vérifiant le bon ordre de son étalage. Soudain, on frappe à la porte vitrée. Il est trop tôt pour les invités et futurs clients. Héloïse tend le cou pour mieux voir à travers la porte et reconnaît avec étonnement et plaisir Henri Dufebvre.

Elle s'empresse de lui ouvrir.

— Héloïse, je voulais vous apporter mon soutien en cette journée importante pour vous.

— Henri, je vous croyais à Paris !

— Mon ami Paul est décédé il y a deux mois et j'ai décidé de revenir dans le Nord. Ma mère est maintenant veuve et je désire être auprès d'elle. C'est pourquoi j'ai emménagé chez elle, près d'ici.

Un sourire s'esquisse sur le visage d'Héloïse. Henri lui rappelle sa jeunesse et son frère Jean. Et si elle pouvait l'aimer ? Et si l'avenir lui réservait encore des surprises ? Chose certaine, cette journée d'inauguration commence plutôt bien !

Épilogue

En 1935, l'économie française se dégrade fortement. Des millions de chômeurs ajoutent à l'agitation sociale et politique. La Troisième République n'est pas stable et les gouvernements se succèdent. Paris est le théâtre d'immenses manifestations réprimées avec violence. La gauche ne s'entend pas et les communistes, soutenus par Moscou, affrontent les socialistes comme autant de frères ennemis. L'extrême droite, avec ses ligues de toutes sortes, réplique. Il y a des échauffourées. Le Front populaire n'a pas encore fait son apparition. La Grande Dépression des États-Unis s'est étendue à toute l'Europe. L'économie de l'Allemagne a été étranglée et on voit une montée du nationalisme. Un nouveau conflit mondial se prépare.

Alors qu'ils approchent tous de la soixantaine, les frères Coulmiers continuent leur chemin séparément.

Paul n'a plus le cœur de monter une nouvelle entreprise. Il entre dans l'affaire de son fils Jean. Ce dernier vient de sortir de l'école des Hautes Études Industrielles (HEI) et fonde, en 1936, la société anonyme des anciens établissements Coulmiers Frères avec une quinzaine d'ex-employés. Cette société s'établit au cinquante-trois, rue Esquermoise. Paul habite au dernier étage de l'établissement et s'occupe de la vente et des relations avec le clergé pour qui il effectue des réparations d'orgues.

Éloi reprend des activités d'accordeur de pianos à Tourcoing. On ne lui connaît pas d'autres inventions.

Léon, toujours établi à Poitiers, aide son fils Léon à créer une nouvelle Maison Coulmiers, spécialisée dans la distribution de matériel électrique.

Héloïse, quant à elle, continue à œuvrer dans le domaine littéraire où son parcours ne fait que commencer...

Remerciements

Ce roman qui par définition est une œuvre de fiction, s'inspire de loin de certains faits vécus ainsi que du personnage de ma grand-tante, Héloïse Coupleux.

Aussi, j'aimerais remercier la famille Coupleux et, en particulier, mon père Jean Coupleux (1911-1992), neveu d'Héloïse, qui m'a donné envie d'écrire l'histoire de ma famille (COUPLEUX, Jean. *Histoire de la Maison Coupleux*, Lille, 1990, non achevé, non publié) et ma mère Élisabeth Coupleux-Opter (1922-2015) qui m'a raconté de nombreuses anecdotes.

Merci à Olivier Carpentier qui a fait un immense travail de recherche et a facilité ma tâche (CARPENTIER, Olivier. *L'aventure industrielle des frères Coupleux*, Lille, Les éditions de l'Inouï, 2004, 256 p.).

Merci à André Coupleux à titre posthume (COUPLEUX, André. *Une biographie insolite,* Poitiers, 1992, non publié).

Merci aux membres de mon groupe «Imagination» de McGill, au Camp Félix, à Mini Génie, aux Ateliers d'écriture Sylvie Massicotte.

Merci aux nombreuses personnes qui m'ont procuré des encouragements, mon mari Bernard, mes enfants, Thierry, Valérie et Stanislas, Jocelyne Deschesnes-Jean, Jean Lecours, Béatrice Carpentier, Dominique Coupleux et mes nombreux cousins et cousines.

Table des matières